青少年诵读千古名篇

张贤明／编选

商务印书馆国际有限公司

图书在版编目（CIP）数据

青少年诵读千古名篇 / 张贤明编选. -- 北京 : 商务印书馆国际有限公司，2018.9

ISBN 978-7-5176-0603-1

Ⅰ.①青… Ⅱ.①张… Ⅲ.①中国文学—古典文学—文学欣赏—青少年读物 Ⅳ.① I206.2-49

中国版本图书馆 CIP 数据核字（2018）第 191375 号

青少年诵读千古名篇

编　　选　张贤明
责任编辑　蔡红英
出版发行　商务印书馆国际有限公司
（地址 北京市东城区史家胡同甲 24 号　邮编 100010）
（总编室电话 010-65592876　市场营销部电话 010-65598498）
网　　址　www.cpi1993.com
经　　销　全国新华书店
印　　刷　三河市紫恒印装有限公司
开　　本　787mm × 1092mm　1/16
字　　数　154 千字
印　　张　11.25
版　　次　2018 年 9 月第 1 版　2018 年 9 月第 1 次印刷
书　　号　ISBN 978-7-5176-0603-1
定　　价　35.00 元

目录

远古神话选篇

先秦诸子选篇

历代诗歌选篇

经典词曲选篇

古代散文选篇

远古神话选篇

精卫填海

《山海经》

发鸠之山，其上多柘木，有鸟焉，其状如乌，文首，白喙，赤足，名曰精卫，其鸣自詨。是炎帝之少女，名曰女娃。女娃游于东海，溺而不返，故为精卫，常衔西山之木石，以堙于东海。

发鸠(jiū)之山：位于山西境内。
柘(zhè)木：柘树，桑树的一种。
乌：乌鸦。
文首：头上有花纹。
喙(huì)：鸟嘴。
自詨(xiào)：呼唤自己的名字。
堙(yīn)：填塞。

夸父追日

《山海经》

夸父与日逐走，入日；渴，欲得饮，饮于河、渭；河、渭不足，北饮大泽。未至，道渴而死。弃其杖，化为邓林。

入日：追赶到日落的地方。
欲得饮：想要喝水解渴。
河：黄河。
渭：渭水。
北：名词作状语，向北。
大泽：大湖。
未至：没有赶到。
邓林：位于今大别山附近。

鲧禹治水

《山海经》

洪水滔天。鲧窃帝之息壤以堙洪水，不待帝命，帝令祝融杀鲧于羽郊。鲧复生禹，帝乃命禹卒布土以定九州。

鲧(gǔn)：禹(yǔ)的父亲。
帝：指天帝。
息壤：一种神土，传说能够自己生长不息。
祝融：火神的名字。
羽郊：羽山的近郊。
复："腹"的假借字。

女娲补天

《淮南子》

往古之时，四极废，九州裂；天不兼覆，地不周载。火爁焱而不灭，水浩洋而不息。猛禽食颛民，鸷鸟攫老弱。于是女娲炼五色石以补苍天，断鳌足以立四极，杀黑龙以济冀州，积芦灰以止淫水。苍天补，四极正；淫水涸，冀州平；狡虫死，颛民生。

四极：天的四边。
天不兼覆：天不能覆盖大地。
地不周载：地不能承受万物。
爁焱（làn yàn）：大火延烧。
颛民（zhuān）：善良的人民。
攫（jué）：抓；夺。
淫水：泛滥的洪水。
狡虫（jiǎo）：恶禽猛兽。

羿射十日

《淮南子》

逮至尧之时，十日并出。焦禾稼，杀草木，而民无所食。猰貐、凿齿、九婴、大风、封豨、修蛇，皆为民害。尧乃使羿诛凿齿于畴华之野，杀九婴于凶水之上，缴大风于青邱之泽，上射十日而下杀猰貐，断修蛇于洞庭，擒封豨于桑林。

万民皆喜，置尧以为天子。

羿（yì）：神名，以善射著名。
尧（yáo）：神话中的天神，也是传说中的古帝王。
猰貐（yà yǔ）、凿齿：怪兽名。
九婴：长着九个脑袋的水火之怪。
大风：一种凶猛的大鸟。
封豨（xī）：大野猪。
修蛇（xiū）：长长的大蟒蛇。
缴（zhuó）：一种带绳的箭。

共工怒触不周山

《淮南子》

昔者，共工与颛顼争为帝，怒而触不周之山，天柱折，地维绝。天倾西北，故日月星辰移焉；地不满东南，故水潦尘埃归焉。

昔者：从前。
共工：传说中的部落领袖，炎帝的后裔。
颛顼（zhuān xū）：传说中的五帝之一，黄帝的后裔。
地维绝：维系着大地的绳索断开了。
水潦：泛指江湖流水。

先秦诸子选篇

《论语》十则

《论语》

子曰：“学而时习之，不亦说乎？有朋自远方来，不亦乐乎？人不知而不愠，不亦君子乎？”

曾子曰：“吾日三省吾身：为人谋而不忠乎？与朋友交而不信乎？传不习乎？”

子曰：“温故而知新，可以为师矣。”

子曰：“学而不思则罔，思而不学则殆。”

子曰：“由！诲女知之乎！知之为知之，不知为不知，是知也。”

子曰：“见贤思齐焉，见不贤而内自省也。”

子曰：“三人行，必有我师焉。择其善者而从之，其不善者而改之。”

曾子曰：“士不可以不弘毅，任重而道远。仁以为己任，不亦重乎？死而后已，不亦远乎？”

子曰：“岁寒，然后知松柏之后凋也。”

子贡问曰：“有一言而可以终身行之者乎？”子曰：“其恕乎！己所不欲，勿施于人。”

子曰：孔子说。
时习：时常温习。
说（yuè）：通“悦”音，愉快。
愠（yùn）：生气，发怒。
曾子：指曾参。
三省（xǐng）：多次反省。
传：老师传授的知识。
以：凭借。
罔（wǎng）：通“惘”，感到迷茫。
殆：指疑惑。
诲：教导。
女：通“汝”，你。

思：希望，想着。
齐：看齐。

必有我师焉：其中必定有可作为我的老师的人。
善者：长处。
士：有抱负的人。
弘毅：胸怀宽广、性格刚强。
仁：推己及人，仁爱待人。
以为：把……作为。

后凋：最后才落叶。
一言：一个字。
行：奉行。
其：大概，也许。
恕：指推己及人，宽恕待人。
欲：喜欢，想要。
施：施加。

非　攻

《墨子》

今有一人，入人园圃，窃其桃李，众闻则非之，上为政者得则罚之。此何也？以亏人自利也。至攘人犬豕鸡豚者，其不义又甚入人园圃窃桃李。是何故也？以亏人愈多。苟亏人愈多，其不仁兹甚，罪益厚。至入人栏厩，取人马牛者，其不仁义又甚攘人犬豕鸡豚。此何故也？以其亏人愈多。苟亏人愈多，其不仁兹甚，罪益厚。至杀不辜人也，拖其衣裘，取戈剑者，其不义又甚入人栏厩，取人马牛。此何故也？以其亏人愈多。苟亏人愈多，其不仁兹甚矣，罪益厚。当此，天下之君子皆知而非之，谓之不义。今至大为不义，攻国，则弗知非，从而誉之，谓之义。此可谓知义与不义之别乎？

杀一人，谓之不义，必有一死罪矣。若以此说往，杀十人，十重不义，必有十死罪矣；杀百人，百重不义，必有百死罪矣。当此，天下之君子皆知而非之，谓之不义。今至大为不义，攻国，则弗知非，从而誉之，谓之义。情不知其不义也，故书其言以遗后世；若知其不义也，夫奚说书其不义以遗后世哉？

今有人于此，少见黑曰黑，多见黑曰白，则必以此人为不知白黑之辩矣；少尝苦曰苦，多尝苦曰甘，则必以此人为不知甘苦之辩矣。

非之：说他不对、指责他。

得：抓到。

攘（rǎng）：偷盗。

豕（shǐ）：猪。

豚（tún）：小猪。

兹甚：更多、更大。

栏厩（jiù）：圈养家畜的地方。

拖（tuō）：同“拖”，剥下来。

攻国：攻打别的国家。

弗：不。

从：跟随、跟从。

誉：赞誉、称赞。

以此说往：按这种说法类推。

重：倍。

情：确实。

书：记载。

奚说：有什么理由、怎么解说。

少见黑：看见少许黑色。

甘：甜。

小为非：在小范围内做不对的事。

是以：所以。

今小为非，则知而非之；大为非，攻国，则不知非，从而誉之，谓之义；此可谓知义与不义之辩乎？是以知天下之君子也，辩义与不义之乱也。

小国寡民

《老子》

小国寡民：国家小，人民少。
什伯：极多，多种多样。
重死：看重死亡，即不轻易冒着生命危险去做事。
舆：车子。
甲兵：武器装备。
陈：陈列，引申为布阵打仗。

小国寡民，使有什伯之器而不用；使民重死而不远徙。虽有舟舆，无所乘之；虽有甲兵，无所陈之；使民复结绳而用之。

至治之极，甘其食，美其服，安其居，乐其俗。邻国相望，鸡犬之声相闻，民至老死不相往来。

得道多助，失道寡助

《孟子》

城：城墙。
郭：在城外加筑的城墙。
环：包围。
池：护城河。
兵革：指武器装备。
委：放弃。

天时不如地利，地利不如人和。三里之城，七里之郭，环而攻之而不胜。夫环而攻之，必有得天时者矣，然而不胜者，是天时不如地利也。城非不高也，池非不深也，兵革非不坚利也，米粟非不多也，委而去之，是地利不如人和也。

域：限制。
封疆：划定疆界。
固国：巩固国防。
威：震慑，树立威望。
得道者：这里指实施“仁政”的君主。
至：极点。
畔：通“叛”，背叛。

故曰，域民不以封疆之界，固国不以山溪之险，威天下不以兵革之利。得道者多助，失道者寡助。寡助之至，亲戚畔之。多助之至，天下顺之。以天下之所顺，攻亲戚之所畔，故君子有不战，战必胜矣。

生于忧患，死于安乐

《孟子》

舜发于畎亩之中，傅说举于版筑之间，胶鬲举于鱼盐之中，管夷吾举于士，孙叔敖举于海，百里奚举于市。故天将降大任于是人也，必先苦其心志，劳其筋骨，饿其体肤，空乏其身，行拂乱其所为，所以动心忍性，曾益其所不能。

人恒过，然后能改。困于心，衡于虑，而后作；征于色，发于声，而后喻。入则无法家拂士，出则无敌国外患者，国恒亡。然后知生于忧患，而死于安乐也。

畎（quǎn）亩：田间，田地。
举：选拔。
士：狱官。
苦：使……苦恼。
劳：使……劳累。
饿：使……饥饿。
空乏：使……穷困。
拂（fú）乱：使……颠倒错乱。
动：使……惊动。
忍：使……坚韧。
衡于虑：思虑堵塞。衡，通“横”。
拂（bì）士：能辅佐君主的贤士。

鱼，我所欲也

《孟子》

鱼，我所欲也，熊掌，亦我所欲也，二者不可得兼，舍鱼而取熊掌者也。生，亦我所欲也，义，亦我所欲也，二者不可得兼，舍生而取义者也。生亦我所欲，所欲有甚于生者，故不为苟得也。死亦我所恶，所恶有甚于死者，故患有所不避也。如使人之所欲莫甚于生，则凡可以得生者何不用也！使人之所恶莫甚于死者，则凡可以避患者何不为也！由是则生而

欲：想要。
得兼：即兼得，同时得到。

苟得：苟且取得。
患：祸患，灾难。
避：躲避。
如使：假如，假使。
何不用也：什么手段不可用呢！

有不用也；由是则可以避患而有不为也。是故所欲有甚于生者，所恶有甚于死者。非独贤者有是心也，人皆有之，贤者能勿丧耳。

一箪食，一豆羹，得之则生，弗得则死。呼尔而与之，行道之人弗受；蹴尔而与之，乞人不屑也。

非独：不只，不仅。
勿丧：不丢掉。
箪（dān）：古代盛食物的圆竹器。
豆：古代盛食物的木制器。
呼尔：呼喝、喊叫。
蹴（cù）：用脚踢。

居天下之广居

《孟子》

居天下之广居，立天下之正位，行天下之大道。得志，与民由之；不得志，独行其道。富贵不能淫，贫贱不能移，威武不能屈。此之谓大丈夫也。

居：这里有“辨别”之意。
广居：众多可辨别的东西。
正位：正确的名位。
与民由之：让人民遵从依照。
淫：过度、沉迷。
移：动摇、改变意志。

专心致志

《孟子》

无或乎王之不智也。虽有天下易生之物也，一日暴之，十日寒之，未有能生者也。吾见亦罕矣，吾退而寒之者至矣，吾如有萌焉何哉！今夫弈之为数，小数也，不专心致志，则不得也。弈秋，通国之善弈者也。使弈秋诲二人弈，其一人专心致志，惟弈秋之为听。一人虽听之，一心以为有鸿鹄将至，思援弓缴而射之，虽与之俱学，弗若之矣。为是其智弗若与？曰：非然也。

无或：不值得奇怪。
暴（pù）：同“曝”，晒。
罕：稀少。
如……何：对……怎么样。
弈（yì）：围棋。
数：技术，技巧。
弈秋：人名，善于下棋。
通：整个，全部。
诲：教导。
鸿鹄（hóng hú）：天鹅。
援：拿起。
缴（zhuó）：系在箭上的绳，指箭。

劝　学（节选）

《荀子》

君子曰：学不可以已。青，取之于蓝，而青于蓝；冰，水为之，而寒于水。木直中绳，輮以为轮，其曲中规。虽有槁暴，不复挺者，輮使之然也。故木受绳则直，金就砺则利，君子博学而日参省乎己，则知明而行无过矣。

吾尝终日而思矣，不如须臾之所学也；吾尝跂而望矣，不如登高之博见也。登高而招，臂非加长也，而见者远；顺风而呼，声非加疾也，而闻者彰。假舆马者，非利足也，而致千里；假舟楫者，非能水也，而绝江河，君子生非异也，善假于物也。

积土成山，风雨兴焉；积水成渊，蛟龙生焉；积善成德，而神明自得，圣心备焉。故不积跬步，无以至千里；不积小流，无以成江海。骐骥一跃，不能十步；驽马十驾，功在不舍。锲而舍之，朽木不折；锲而不舍，金石可镂。蚓无爪牙之利，筋骨之强，上食埃土，下饮黄泉，用心一也。蟹六跪而二螯，非蛇鳝之穴无可寄托者，用心躁也。

君子：指有学问有修养的人。
已：停止。
中绳：合乎拉直的墨线。
輮（róu）：用火烤使木条弯曲。
规：圆规，测圆的工具。
虽有槁暴（gǎo pù）：即使又晒干枯。
砺：磨刀石。
参省：多次检查、反省。
须臾：片刻，一会儿。
跂（qǐ）：提起脚后跟。
疾：快，此指声音洪亮。
彰：清楚。
假：借助，利用。
水：指游泳。
绝：横渡。
蛟：一种似龙的生物。
神明：精神智慧。
跬（kuǐ）：古代跨出一脚为“跬”，跨两脚为“步”。
骐骥（qí jì）：骏马，千里马。
驽马：劣马。
舍：停止，放弃。
锲（qiè）：用刀雕刻。
镂（lòu）：泛指雕刻。
跪：脚，蟹腿。
螯（áo）：螃蟹的大钳子。

终身之计

《管子》

一年之计，莫如树谷；十年之计，莫如树木；终身之计，莫如树人。一树一获者，谷也；一树十获者，木也；一树百获者，人也。

一年之计：作一年的打算。
树谷：种植五谷。
树木：种植树木。
树人：培育人才。

谋　攻（节选）

《孙子》

孙子曰：凡用兵之法，全国为上，破国次之；全军为上，破军次之；全旅为上，破旅次之；全卒为上，破卒次之；全伍为上，破伍次之。是故百战百胜，非善之善者也；不战而屈人之兵，善之善者也。

故上兵伐谋，其次伐交，其次伐兵，其下攻城。攻城之法，为不得已。

故善用兵者，屈人之兵而非战也，拔人之城而非攻也，毁人之国而非久也，必以全争于天下。故兵不顿而利可全，此谋攻之法也。

故知胜有五：知可以战与不可以战者胜；识众寡之用者胜；上下同欲者胜；以虞待不虞者胜；将能而君不御者胜。此五者，知胜之道也。

故曰：知彼知己，百战不殆；不知彼而知己，一胜一负；不知彼不知己，每战必殆。

全国：完整地占有别国领土。
军、旅、卒、伍：春秋时期的军队编制，每军12500人，每旅500人，每卒100人，每伍5人。
屈人之兵：使敌军屈服。
上兵：最好的用兵方法。
伐谋：以谋略胜敌。
伐交：以外交手段胜敌。
伐兵：以野战交兵胜敌。

兵不顿：军队不受挫。
谋攻：用计谋进行攻伐。

识众寡之用：了解使用多少兵力的各种战法。
上下同欲：统帅和下级官兵有相同的欲望。
虞（yú）：这里指牵制、掣肘。

殆（dài）：危险、失败。

逍遥游（节选）

《庄子》

北冥有鱼，其名为鲲。鲲之大，不知其几千里也。化而为鸟，其名为鹏。鹏之背，不知其几千里也。怒而飞，其翼若垂天之云。是鸟也，海运则将徙于南冥。南冥者，天池也。

《齐谐》者，志怪者也。《谐》之言曰：“鹏之徙于南冥也，水击三千里，抟扶摇而上者九万里，去以六月息者也。”野马也，尘埃也，生物之以息相吹也。天之苍苍，其正色邪？其远而无所至极邪？其视下也，亦若是则已矣。且夫水之积也不厚，则其负大舟也无力。覆杯水于坳堂之上，则芥为之舟，置杯焉则胶，水浅而舟大也。风之积也不厚，则其负大翼也无力。故九万里则风斯在下矣，而后乃今培风，背负青天而莫之夭阏者，而后乃今将图南。

冥（míng）：大海。
鲲（kūn）：传说中的大鱼。
鹏：传说中的大鸟。
怒：指鼓起翅膀。
海运：海动，大风吹动海水。
天池：天然形成的大海。
志怪：记载怪异的事物。
水击：鹏鸟翅膀拍击水面。
抟（tuán）扶摇：指鹏乘着旋风盘旋而上。
其：或许。
正色：真正的颜色。
其视下：鹏往下看。
覆：倾倒。
坳（ào）堂：指堂中低凹处。
胶：指着地。
斯：则，就。
而后乃今：这样，然后才。
培：凭。
莫之夭阏（yāo è）：没有阻滞、阻碍。
图南：打算飞往南方。

自相矛盾

《韩非子》

楚人有鬻矛与盾者，誉之曰：“吾盾之坚，物莫能陷也。”又誉其矛曰：“吾矛之利，于物无不陷也。”或曰：“以子之矛，陷子之盾，何如？”其人弗能应也。夫不可陷之盾与无不陷之矛，不可同世而立。

鬻（yù）：卖。
矛：一种长柄兵器。
盾：作战时遮挡刀剑的兵器。
誉：赞誉，夸耀。
陷：穿透、刺穿。
或：有人。
以：使用；用。
同世而立：同时在这个世上。

愚公移山

《列子》

太行，王屋二山，方七百里，高万仞，本在冀州之南，河阳之北。

北山愚公者，年且九十，面山而居。惩山北之塞，出入之迂也。聚室而谋曰：“吾与汝毕力平险，指通豫南，达于汉阴，可乎？”杂然相许。其妻献疑曰：“以君之力，曾不能损魁父之丘，如太行、王屋何？且焉置土石？”杂曰：“投诸渤海之尾，隐土之北。”

遂率子孙荷担者三夫，叩石垦壤，箕畚运于渤海之尾。邻人京城氏之孀妻有遗男，始龀，跳往助之。寒暑易节，始一反焉。

河曲智叟笑而止之曰：“甚矣，汝之不惠。以残年余力，曾不能毁山之一毛，其如土石何？”

北山愚公长息曰：“汝心之固，固不可彻，曾不若孀妻弱子。虽我之死，有子存焉；子又生孙，孙又生子；子又有子，子又有孙；子子孙孙无穷匮也，而山不加增，何苦而不平？”河曲智叟亡以应。

操蛇之神闻之，惧其不已也，告之于帝。帝感其诚，命夸娥氏二子负二山，一厝朔东，一厝雍南。自此，冀之南，汉之阴，无陇断焉。

河阳：黄河北岸。
惩（chéng）：苦于，为……所苦。
塞（sè）：阻塞。
迂（yū）：曲折、绕远。
聚室：集合全家。
平险：铲除险峻的大山。
指：直。
杂然相许：纷纷表示赞成。
损：削减。
魁（kuí）父：一座小山的名称。
荷（hè）：扛、挑。
箕畚（jī běn）：竹片或柳条编的器具。
龀（chèn）：儿童换牙齿。
始一反焉：才往返一次。
叟（sǒu）：老头。
不惠：指愚蠢、不聪明。

长息：长叹。
汝心之固：你思想顽固。
彻：通。
匮（kuì）：竭尽。
亡（wú）以应：没有话来回答。
操蛇之神：神话中的山神。
已：停止。
帝：神话中的天帝。
夸娥氏：神话中的大力神。
厝（cuò）：同“措”，放置。
陇（lǒng）断：即垄断，山冈高地。

历代诗歌选篇

关　雎

《诗经·国风》

关关雎鸠，在河之洲。
窈窕淑女，君子好逑。

参差荇菜，左右流之。
窈窕淑女，寤寐求之。

求之不得，寤寐思服。
悠哉悠哉，辗转反侧。

参差荇菜，左右采之。
窈窕淑女，琴瑟友之。

参差荇菜，左右芼之。
窈窕淑女，钟鼓乐之。

关关：雌雄二鸟互应之声。
雎鸠（jū jiū）：一种水鸟。
窈窕（yǎo tiǎo）：身材体态美好。
好逑（qiú）：好的配偶。
荇（xìng）菜：水草类植物，根生水底，叶浮水面。

寤寐（wù mèi）：醒和睡，指日夜。

友：用作动词，有亲近之意。

芼（mào）：择取，挑选。

静　女

《诗经·国风》

静女其姝，俟我于城隅。
爱而不见，搔首踟蹰。

静女其娈，贻我彤管。
彤管有炜，说怿女美。

自牧归荑，洵美且异。
匪女之为美，美人之贻。

姝：美丽。
俟（sì）：等待。
爱：通“薆”，隐蔽，躲藏。

娈（luán）：面目姣好。
贻（yí）：赠送。
炜（wěi）：鲜明。
说怿（yuè yì）：喜悦。
女：同“汝”，指彤管。

归：通“馈”，赠。
荑（yí）：初生的白茅。
洵：实在，诚然。
匪：通“非”。

蒹 葭

《诗经·国风》

蒹葭苍苍，白露为霜。
所谓伊人，在水一方。
溯洄从之，道阻且长。
溯游从之，宛在水中央。

蒹葭萋萋，白露未晞。
所谓伊人，在水之湄。
溯洄从之，道阻且跻。
溯游从之，宛在水中坻。

蒹葭采采，白露未已。
所谓伊人，在水之涘。
溯洄从之，道阻且右。
溯游从之，宛在水中沚。

蒹葭（jiān jiā）：初生未长穗的芦苇。
溯洄（sù huí）：逆流而上。
萋萋（qī）：茂盛。
晞（xī）：晒干。
湄：水和草交接处的岸边。
跻（jī）：指道路又陡又高。
坻（chí）：水中的小洲或高地。
涘（sì）：水边。
右：迂回曲折。
沚（zhǐ）：水中的小块陆地。

无 衣

《诗经·国风》

岂曰无衣？与子同袍。王于兴师，修我戈矛，与子同仇！

岂曰无衣？与子同泽。王于兴师，修我矛戟，与子偕作！

岂曰无衣？与子同裳。王于兴师，修我甲兵，与子偕行！

袍：长袍，即今之斗篷。
王：指秦君。有说指周天子。
于：语气助词。
兴师：起兵。
同仇：共同对敌。
泽：通“襗”，贴身内衣。
作：起。
裳：下衣，此处指战裙。
甲兵：铠甲与兵器。
行：往。

离　骚（节选）

屈原

帝高阳之苗裔兮，朕皇考曰伯庸。
摄提贞于孟陬兮，唯庚寅吾以降。
皇览揆余初度兮，肇锡余以嘉名。
名余曰正则兮，字余曰灵均。

纷吾既有此内美兮，又重之以修能。
扈江离与辟芷兮，纫秋兰以为佩。
汩余若将不及兮，恐年岁之不吾与。
朝搴阰之木兰兮，夕揽洲之宿莽。
日月忽其不淹兮，春与秋其代序。
唯草木之零落兮，恐美人之迟暮。
不抚壮而弃秽兮，何不改乎此度？
乘骐骥以驰骋兮，来吾道夫先路。

苗裔（yì）：喻指子孙后代。
考：已故的父亲。
摄提：此处指寅年。
贞：正。
孟：开始。
陬（zōu）：正月。
庚寅（gēng yín）：指庚寅之日。
揆（kuí）：推理揣度。
肇（zhào）：开始。
锡：通“赐”。
字：起个表字。

扈（hù）：楚方言，披挂。
江离、芷（zhǐ）：均为香草名。
汩（yù）：水流湍急。
搴（qiān）：拔取。
宿莽（mǎng）：草名，经冬不死。
代序：指不断更迭。
抚：趁。
此度：现行的政治法度。
骐骥（qí jì）：骏马。
道：通“导”，引导。

江　南

汉乐府

江南可采莲，莲叶何田田！
鱼戏莲叶间。
鱼戏莲叶东，鱼戏莲叶西，
鱼戏莲叶南，鱼戏莲叶北。

可：适宜 、正好。
田田：茂盛、繁茂。

长歌行·青青园中葵

汉乐府

青青园中葵，朝露待日晞。
阳春布德泽，万物生光辉。
常恐秋节至，焜黄华叶衰。
百川东到海，何时复西归？
少壮不努力，老大徒伤悲！

葵：蔬菜名，指中国古代重要蔬菜之一。
晞（xī）：天亮，引申为阳光照耀。
布：布施，给予。
焜（kūn）黄：草木凋落枯黄。
华：同“花”。
老大：老年。
徒：白白地。

十五从军征

汉乐府

十五从军征，八十始得归。
道逢乡里人：“家中有阿谁？”
“遥看是君家，松柏冢累累。”
兔从狗窦入，雉从梁上飞。
中庭生旅谷，井上生旅葵。
舂谷持作饭，采葵持作羹。
羹饭一时熟，不知贻阿谁？
出门东向看，泪落沾我衣。

阿：语气词。
君：你，表示尊敬。
冢（zhǒng）：坟墓。
累累：与“垒垒”通，形容坟墓很多。
狗窦（dòu）：给狗出入的墙洞。
雉（zhì）：野鸡。
旅谷：野生的谷子。
旅葵：即野葵。
舂（chōng）：用石臼捣掉皮壳或捣碎。
持：用。
贻：送，赠送。
沾：渗入。

陌上桑·日出东南隅

汉乐府

日出东南隅，照我秦氏楼。秦氏有好女，自名为罗敷。罗敷善蚕桑，采桑城南隅。青丝为笼系，桂枝为笼钩。头上倭堕髻，耳中明月珠；缃绮为下裙，紫绮为上襦。行者见罗敷，下担捋髭须。少年见罗敷，脱帽著帩头。耕者忘其犁，锄者忘其锄；来归相怨怒，但坐观罗敷。

使君从南来，五马立踟蹰。使君遣吏往，问是谁家姝。“秦氏有好女，自名为罗敷。”“罗敷年几何?”“二十尚不足，十五颇有余。”使君谢罗敷：“宁可共载不?”罗敷前置辞：“使君一何愚！使君自有妇，罗敷自有夫。”

“东方千余骑，夫婿居上头。何用识夫婿?白马从骊驹，青丝系马尾，黄金络马头；腰中鹿卢剑，可值千万余。十五府小吏，二十朝大夫，三十侍中郎，四十专城居。为人洁白皙，鬑鬑颇有须；盈盈公府步，冉冉府中趋。坐中数千人，皆言夫婿殊。”

陌(mò)：田间的路。
隅(yú)：方位、角落。

倭堕髻(wō duò jì)：发髻偏在一侧，呈坠落状。
缃绮(xiāng qǐ)：有花纹的浅黄丝织品。
帩(qiào)头：古代男子束发的头巾。

使君：对太守、刺史的通称。
姝(shū)：美丽的女子。

居上头：在最前面。
骊驹：纯黑色的马。

鹿卢剑：剑把用丝绦缠绕起来，像辘轳一样。

鬑(lián)鬑：指须发稀疏。
盈盈：仪态端庄美好。
冉冉：走路缓慢。

涉江采芙蓉

《古诗十九首》

涉江采芙蓉，兰泽多芳草。
采之欲遗谁？所思在远道。
还顾望旧乡，长路漫浩浩。
同心而离居，忧伤以终老。

兰泽：生有兰草的沼泽地。
遗（wèi）：赠。
还顾：回顾，回头看。
旧乡：故乡。
漫浩浩：路途遥远无尽头。

迢迢牵牛星

《古诗十九首》

迢迢牵牛星，皎皎河汉女。
纤纤擢素手，札札弄机杼。
终日不成章，泣涕零如雨。
河汉清且浅，相去复几许？
盈盈一水间，脉脉不得语。

迢迢（tiáo）：遥远。
纤纤：纤细柔长。
擢（zhuó）：引，抽。
杼（zhù）：织布机的梭子。
章：布帛上的经纬纹理，这里指整幅布帛。
相去：相离，相隔。
脉脉：含情相视。

观沧海

曹操

东临碣石，以观沧海。
水何澹澹，山岛竦峙。
树木丛生，百草丰茂。
秋风萧瑟，洪波涌起。
日月之行，若出其中；
星汉灿烂，若出其里。
幸甚至哉，歌以咏志。

碣（jié）石：山名，碣石山，位于河北昌黎。
沧：通“苍”，青绿色。
海：渤海。
何：多么。
澹澹（dàn）：水波摇动。
竦峙（sǒng zhì）：耸立。
洪波：汹涌澎湃的波浪。

短歌行

曹操

对酒当歌，人生几何？
譬如朝露，去日苦多。
慨当以慷，忧思难忘。
何以解忧？唯有杜康。
青青子衿，悠悠我心。
但为君故，沉吟至今。
呦呦鹿鸣，食野之苹。
我有嘉宾，鼓瑟吹笙。
明明如月，何时可掇。
忧从中来，不可断绝。
越陌度阡，枉用相存。
契阔谈宴，心念旧恩。
月明星稀，乌鹊南飞。
绕树三匝，何枝可依？
山不厌高，海不厌深。
周公吐哺，天下归心。

慨当以慷：慷慨高歌。
杜康：传说周代杜康首先酿造了酒，这里作酒的代称。
子：对男子的尊称。
衿（jīn）：衣领。
呦呦（yōu）：鹿鸣的声音。
苹：艾蒿。
瑟、笙（shēng）：都是古代乐器。
掇（duō）：拾取。

陌、阡：田间小路东西方向叫陌，南北方向为阡。
相存：相探问。
契：合。
阔：别。

周公：指西周政治家周公旦。
吐哺（bǔ）：停下吃饭的意思，指虚心听取别人意见。

龟虽寿

曹操

神龟虽寿，犹有竟时。
螣蛇乘雾，终为土灰。
老骥伏枥，志在千里。
烈士暮年，壮心不已。
盈缩之期，不但在天。
养怡之福，可得永年。
幸甚至哉，歌以咏志。

寿：长寿。
竟：终结，这里指死亡。
螣(téng)蛇：传说中与龙同类的神物，能乘云雾升天。
骥(jì)：良马，千里马。
伏：趴，卧。
枥(lì)：马槽。
永年：长寿，活得长。

七步诗

曹植

煮豆燃豆萁，豆在釜中泣。
本是同根生，相煎何太急？

七步诗：相传魏文帝曹丕命令其弟曹植七步内作一首诗，曹植作了此诗。
豆萁(qí)：豆梗，豆茎。
釜(fǔ)：古代的一种锅。
煎：煎熬。

饮　酒

陶渊明

结庐在人境，而无车马喧。
问君何能尔？心远地自偏。
采菊东篱下，悠然见南山。
山气日夕佳，飞鸟相与还。
此中有真意，欲辨已忘言。

结庐：筑宅。
问君：这里是自问。
尔：这样。
心远：心思远离尘俗。
南山：庐山。
相与：一起。
真意：真正的乐趣。
欲辨：想辨别清楚。
忘言：指非语言所能表达。

归园田居（五首选二）

陶渊明

少无适俗韵，性本爱丘山。
误落尘网中，一去三十年。
羁鸟恋旧林，池鱼思故渊。
开荒南野际，守拙归园田。
方宅十余亩，草屋八九间。
榆柳荫后檐，桃李罗堂前。
暧暧远人村，依依墟里烟。
狗吠深巷中，鸡鸣桑树颠。
户庭无尘杂，虚室有余闲。
久在樊笼里，复得返自然。

韵：气质，风度。
丘山：指田园。
尘网：尘世的罗网，这里指官场生活。
羁（jī）鸟：被关在笼中的鸟。
拙（zhuō）：愚拙，表示自谦。
荫：遮盖。
暧（ài）暧：昏暗的样子。
依依：轻柔的样子。
墟里：村落。
虚室：指虚静的内室。
樊笼：指鸟笼。

种豆南山下，草盛豆苗稀。
晨兴理荒秽，带月荷锄归。
道狭草木长，夕露沾我衣。
衣沾不足惜，但使愿无违。

南山：这里指江西庐山。
兴：起。
荒秽（huì）：指豆田中的杂草。
带：一作“戴”。
夕露：夜晚的露水。

拟行路难（十八首选一）

鲍照

泻水置平地，各自东西南北流。
人生亦有命，安能行叹复坐愁？
酌酒以自宽，举杯断绝歌路难。
心非木石岂无感？吞声踯躅不敢言。

泻：倾、倒。
断绝歌路难：停止《行路难》的歌唱。
吞声：声音要发又止。
踯躅（zhí zhú）：徘徊不前。

西洲曲

南朝乐府民歌

忆梅下西洲，折梅寄江北。
单衫杏子红，双鬓鸦雏色。
西洲在何处？两桨桥头渡。
日暮伯劳飞，风吹乌臼树。
树下即门前，门中露翠钿。
开门郎不至，出门采红莲。
采莲南塘秋，莲花过人头。
低头弄莲子，莲子清如水。
置莲怀袖中，莲心彻底红。
忆郎郎不至，仰首望飞鸿。
鸿飞满西洲，望郎上青楼。
楼高望不见，尽日栏杆头。
栏杆十二曲，垂手明如玉。
卷帘天自高，海水摇空绿。
海水梦悠悠，君愁我亦愁。
南风知我意，吹梦到西洲。

鸦雏色：像小乌鸦一样的颜色。

伯劳：鸟名，仲夏始鸣，喜欢单栖。

乌臼(jiù)树：一种夏季开黄花，秋季叶变红的落叶乔木。

翠钿(diàn)：用翠玉制作的首饰。

尽日：整天。

海水：这里指浩荡的江水。

木兰诗

北朝乐府民歌

唧唧复唧唧，木兰当户织。不闻机杼声，惟闻女叹息。问女何所思，问女何所忆，女亦无所思，女亦无所忆。昨夜见军帖，可汗大点兵，军书十二卷，卷卷有爷名。阿爷无大儿，木兰无长兄，愿为市鞍马，从此替爷征。

唧唧：纺织机的声音。
当户：对着门。

东市买骏马，西市买鞍鞯，南市买辔头，北市买长鞭。旦辞爷娘去，暮宿黄河边，不闻爷娘唤女声，但闻黄河流水鸣溅溅。旦辞黄河去，暮至黑山头。不闻爷娘唤女声，但闻燕山胡骑鸣啾啾。

鞯（jiān）：马鞍下的垫子。
辔（pèi）头：驾驭牲口用的嚼子、笼头和缰绳。
啾啾：马叫的声音。

万里赴戎机，关山度若飞。朔气传金柝，寒光照铁衣。将军百战死，壮士十年归。

归来见天子，天子坐明堂。策勋十二转，赏赐百千强。可汗问所欲，“木兰不用尚书郎，愿驰千里足，送儿还故乡。”

策勋：记功。

爷娘闻女来，出郭相扶将；阿姊闻妹来，当户理红妆；小弟闻姊来，磨刀霍霍向猪羊。开我东阁门，坐我西阁床。脱我战时袍，著我旧时裳。当窗理云鬓，对镜帖花黄。出门看火伴，火伴皆惊惶：同行十二年，不知木兰是女郎。

霍霍：磨刀的声音。
帖：通“贴”。
花黄，古代妇女的一种面部装饰物。

雄兔脚扑朔，雌兔眼迷离。双兔傍地走，安能辨我是雄雌？

脚扑朔：双脚爬搔不停。
傍地走：贴着地面并排跑。

敕勒歌·敕勒川

北朝乐府民歌

敕勒川，阴山下。
天似穹庐，笼盖四野。
天苍苍，野茫茫，
风吹草低见牛羊。

敕(chì)勒川：敕勒族居住的平川、平原。

穹(qióng)庐(lú)：用毡布搭成的帐篷。

茫茫：辽阔无边的样子。

见(xiàn)：同“现”，显露。

咏　鹅

骆宾王

鹅，鹅，鹅，曲项向天歌。
白毛浮绿水，红掌拨清波。

项：脖子。

红掌：指鹅的脚掌。

拨：划。

渡汉江

宋之问

岭外音书断，经冬复历春。
近乡情更怯，不敢问来人。

汉江：指汉水。

岭外：此处指岭南，即五岭以南地区。

怯：害怕，畏缩。

送杜少府之任蜀州

王勃

城阙辅三秦，风烟望五津。
与君离别意，同是宦游人。
海内存知己，天涯若比邻。
无为在歧路，儿女共沾巾。

少府：唐代对县尉的敬称。

之任：赴任。

辅：拱卫。

五津：岷江的五大渡口。

宦游人：在外求官的人。

歧(qí)路：岔路，指分手处。

登幽州台歌

陈子昂

前不见古人，后不见来者。
念天地之悠悠，独怆然而涕下。

古人：指燕昭王，相传他建黄金台，广纳人才。
悠悠：长久。
怆（chuàng）：悲伤。

风

李峤

解落三秋叶，能开二月花。
过江千尺浪，入竹万竿斜。

解落：吹落，散落。
三秋：秋季，即农历九月。
二月：此处指春季。

咏　柳

贺知章

碧玉妆成一树高，万条垂下绿丝绦。
不知细叶谁裁出，二月春风似剪刀。

碧玉：青绿色的美玉。
妆：装饰、打扮。
丝绦（tāo）：丝织的带子。

回乡偶书

贺知章

少小离家老大回，乡音无改鬓毛衰。
儿童相见不相识，笑问客从何处来。

老大：年老、晚年。
鬓毛衰：指白发枯干稀少。

春江花月夜

张若虚

春江潮水连海平，海上明月共潮生。
滟滟随波千万里，何处春江无月明。
江流宛转绕芳甸，月照花林皆似霰。
空里流霜不觉飞，汀上白沙看不见。
江天一色无纤尘，皎皎空中孤月轮。
江畔何人初见月？江月何年初照人？
人生代代无穷已，江月年年只相似。
不知江月待何人，但见长江送流水。
白云一片去悠悠，青枫浦上不胜愁。
谁家今夜扁舟子？何处相思明月楼？
可怜楼上月徘徊，应照离人妆镜台。
玉户帘中卷不去，捣衣砧上拂还来。
此时相望不相闻，愿逐月华流照君。
鸿雁长飞光不度，鱼龙潜跃水成文。
昨夜闲潭梦落花，可怜春半不还家。
江水流春去欲尽，江潭落月复西斜。
斜月沉沉藏海雾，碣石潇湘无限路。
不知乘月几人归，落月摇情满江树。

滟滟（yàn）：波光荡漾的样子。

甸：郊外野地。

霰（xiàn）：雪珠。这里指月光下的花朵。

空里流霜：指月光如霜一样洁白，从空中流泻下来。

青枫浦：指分别的地点。

扁舟子：指浪迹江湖的人。

明月楼：指月夜思妇的闺楼。

玉户：指思妇的居室。

捣衣砧：捶打衣服的石板。

月华：月光。

光不度：比喻音信不通。

碣石：山名，在今河北省。

潇湘：水名，在今湖南省。

望月怀远

张九龄

海上生明月，天涯共此时。
情人怨遥夜，竟夕起相思。
灭烛怜光满，披衣觉露滋。
不堪盈手赠，还寝梦佳期。

情人：多情之人，作者自称。
竟夕：终夜，通宵。
怜：爱。
光满：指月明。
露滋：表示望久夜深。滋，沾湿。
不堪：不能。
盈手：满手。

凉州词·出塞

王之涣

黄河远上白云间，一片孤城万仞山。
羌笛何须怨杨柳，春风不度玉门关。

孤城：指玉门关。
羌(qiāng)笛：古代羌族人吹奏的管乐器。
玉门关：古关名，在今甘肃敦煌西北。

登鹳雀楼

王之涣

白日依山尽，黄河入海流。
欲穷千里目，更上一层楼。

鹳雀楼：旧址在今山西省永济市蒲州古城西南，前望中条山，下临黄河，常有鹳雀栖其上而得名。

望洞庭湖赠张丞相

孟浩然

八月湖水平，涵虚混太清。
气蒸云梦泽，波撼岳阳城。
欲济无舟楫，端居耻圣明。
坐观垂钓者，徒有羡鱼情。

张丞相：即张九龄。
涵虚：指空明澄澈的湖水。
混太清：与天空混为一体。
云梦：古代的云、梦二泽。
济：渡。
楫(jí)：划船的橹。
端居：安居，闲居。
垂钓者：这里专指张丞相。

过故人庄

孟浩然

故人具鸡黍，邀我至田家。
绿树村边合，青山郭外斜。
开轩面场圃，把酒话桑麻。
待到重阳日，还来就菊花。

过：拜访。
具：准备，置办。
鸡黍（shǔ）：农家待客的丰盛饭食。
合：环绕。
郭：这里指村庄的外墙。
轩：窗户。
话桑麻：闲谈农事。
还（huán）：返，来。
就菊花：指饮菊花酒、赏菊。

春　晓

孟浩然

春眠不觉晓，处处闻啼鸟。
夜来风雨声，花落知多少？

晓：清晨。
知多少：不知道有多少。

宿建德江

孟浩然

移舟泊烟渚，日暮客愁新。
野旷天低树，江清月近人。

烟渚（zhǔ）：烟雾迷漫的小沙洲。
天低树：天幕低垂，好像天比树梢还低。

凉州词

王翰

葡萄美酒夜光杯，欲饮琵琶马上催。
醉卧沙场君莫笑，古来征战几人回？

凉州：指今甘肃河西、陇右一带。
夜光杯：在夜间能发光的玉制酒杯。

次北固山下

王湾

客路青山外，行舟绿水前。
潮平两岸阔，风正一帆悬。
海日生残夜，江春入旧年。
乡书何处达，归雁洛阳边。

次：停宿。
北固山：在今江苏镇江。
风正：顺风。
海日：指太阳从海上升起。
雁：古代有雁足传书的记载，后人常以雁指代书信。

从军行

王昌龄

青海长云暗雪山，孤城遥望玉门关。
黄沙百战穿金甲，不破楼兰终不还。

青海：指青海湖。
雪山：这里指祁连山。
穿：磨破。
金甲：战衣，金属铠甲。
楼兰：这里泛指当时骚扰西北边疆的敌人。

出　塞

王昌龄

秦时明月汉时关，万里长征人未还。
但使龙城飞将在，不教胡马度阴山。

龙城：匈奴祭天、大会诸部的地方。
飞将：指汉将李广。
教：让，使。
胡马：胡人的战马。

芙蓉楼送辛渐

王昌龄

寒雨连江夜入吴，平明送客楚山孤。
洛阳亲友如相问，一片冰心在玉壶。

辛渐：王昌龄的友人。
吴：今江苏镇江一带。
平明：清晨。
冰心、玉壶：指心地纯洁、品德高尚。

少年行（四首选一）

王维

新丰美酒斗十千，咸阳游侠多少年。
相逢意气为君饮，系马高楼垂柳边。

新丰：在今陕西临潼东北。
斗十千：指美酒价值万贯。
咸阳：本指战国时秦国的都城咸阳，这里指代唐朝的都城长安。

使至塞上

王维

单车欲问边，属国过居延。
征蓬出汉塞，归雁入胡天。
大漠孤烟直，长河落日圆。
萧关逢候骑，都护在燕然。

塞上：指国境要地。
属国：官名，典属国的简称，这里指作者自己。
居延：地名，今内蒙古境内。
征蓬：随风远飞的蓬草，这里用以自喻。
萧关：在今宁夏固原东南。
候骑：侦察敌情的骑兵。
都护：官名，统率诸将之官，唐代于边境设有都护府。
燕然：古山名，这里指前线。

竹里馆

王维

独坐幽篁里，弹琴复长啸。
深林人不知，明月来相照。

幽篁（huáng）：幽深的竹林。
啸（xiào）：撮口发出长而清脆的声音，类似于打口哨。
深林：这里指“幽篁”。

杂　诗

王维

君自故乡来，应知故乡事。
来日绮窗前，寒梅著花未？

来日：来的时候。
绮（qǐ）窗：雕画花纹的窗户。
著（zhuó）花：开花。
未：同“否”，表疑问。

送元二使安西

王维

渭城朝雨浥轻尘，客舍青青柳色新。
劝君更尽一杯酒，西出阳关无故人。

元二：作者的朋友。
使：出使。
安西：指唐代安西都护府。
浥(yì)：湿润。
阳关：在玉门关之南。

相　思

王维

红豆生南国，春来发几枝。
愿君多采撷，此物最相思。

红豆：又称相思子，生长在南方的一种植物的种子。
撷(xié)：摘。

鹿　柴

王维

空山不见人，但闻人语响。
返景入深林，复照青苔上。

返景(yǐng)：同“返影”，这里指夕阳反照。
复：又。

鸟鸣涧

王维

人闲桂花落，夜静春山空。
月出惊山鸟，时鸣春涧中。

鸟鸣涧(jiàn)：鸟在山涧中鸣叫。
闲：安静、悠闲，含有人声寂静的意思。
空：空寂、空荡。
月出：月亮升起。
时鸣：偶尔啼叫。

九月九日忆山东兄弟

王维

独在异乡为异客，每逢佳节倍思亲。
遥知兄弟登高处，遍插茱萸少一人。

九月九日：农历九月九日为重阳节。
山东：指西岳华山以东。
茱萸(zhū yú)：一种有香气的植物，旧俗重阳节佩戴茱萸香囊可以驱邪避灾。

山居秋暝

王维

空山新雨后，天气晚来秋。
明月松间照，清泉石上流。
竹喧归浣女，莲动下渔舟。
随意春芳歇，王孙自可留。

暝（míng）：夜色降临。
竹喧：竹林中传来笑语声。
浣（huàn）女：洗衣服的女子。
随意：任凭。
歇：凋谢枯萎。
王孙：原指贵族子弟，这里借指作者自己。

燕歌行

高适

汉家烟尘在东北，汉将辞家破残贼。
男儿本自重横行，天子非常赐颜色。
摐金伐鼓下榆关，旌旆逶迤碣石间。
校尉羽书飞瀚海，单于猎火照狼山。
山川萧条极边土，胡骑凭陵杂风雨。
战士军前半死生，美人帐下犹歌舞。
大漠穷秋塞草腓，孤城落日斗兵稀。
身当恩遇常轻敌，力尽关山未解围。
铁衣远戍辛勤久，玉箸应啼别离后。
少妇城南欲断肠，征人蓟北空回首。
边庭飘飖那可度，绝域苍茫更何有。
杀气三时作阵云，寒声一夜传刁斗。
相看白刃血纷纷，死节从来岂顾勋。
君不见沙场征战苦，至今犹忆李将军。

烟尘：指战争。
摐（chuāng）金：撞击铜制打击乐器。
伐：敲击。
榆关：今山海关。
旌旆：这里泛指各种旗帜。
逶迤（wēi yí）：蜿蜒不绝。
羽书：插有鸟羽的紧急文书。
凭陵：仗势侵凌。
腓（féi）：指枯萎。
蓟北：此处指唐朝东北边地。
绝域：更遥远的边陲。
阵云：即战云。
刁斗：军中敲更、煮饭用的铜器。
死节：指为国捐躯。
李将军：指汉朝李广。

别董大

高适

千里黄云白日曛，北风吹雁雪纷纷。
莫愁前路无知己，天下谁人不识君！

董大：董庭兰，弹琴高手。
曛(xūn)：昏暗。
君：指董大。

塞上听吹笛

高适

雪净胡天牧马还，月明羌笛戍楼间。
借问梅花何处落，风吹一夜满关山。

胡天：指西北边塞地区。
牧马还：放马归来。一说指敌人被击退。
戍楼：报警的烽火楼。
关山：这里泛指关隘山岭。

黄鹤楼送孟浩然之广陵

李白

故人西辞黄鹤楼，烟花三月下扬州。
孤帆远影碧空尽，惟见长江天际流。

黄鹤楼：在今湖北武昌。
之：往，去。
广陵：今江苏扬州。
烟花：这里泛指春景。
碧空尽：指船消失在水天相接的远方。

月下独酌（四首选一）

李白

花间一壶酒，独酌无相亲。
举杯邀明月，对影成三人。
月既不解饮，影徒随我身。
暂伴月将影，行乐须及春。
我歌月徘徊，我舞影零乱。
醒时同交欢，醉后各分散。
永结无情游，相期邈云汉。

酌：饮酒。
无相亲：没有亲近的人。
既：已经。
将：和，共。
及春：趁着春光明媚之时。
期：约会。
邈(miǎo)：遥远。
云汉：银河。

行路难（三首选一）

李白

金樽清酒斗十千，玉盘珍羞直万钱。
停杯投箸不能食，拔剑四顾心茫然。
欲渡黄河冰塞川，将登太行雪满山。
闲来垂钓碧溪上，忽复乘舟梦日边。
行路难！行路难！多歧路，今安在？
长风破浪会有时，直挂云帆济沧海。

羞：通“馐（xiū）”，指菜肴。
直：通“值”。
箸（zhù）：筷子。
冰塞川、雪满山：这里比喻人生艰难。
济：渡。

将进酒

李白

君不见黄河之水天上来，奔流到海不复回。
君不见高堂明镜悲白发，朝如青丝暮成雪。
人生得意须尽欢，莫使金樽空对月。
天生我材必有用，千金散尽还复来。
烹羊宰牛且为乐，会须一饮三百杯。
岑夫子，丹丘生，
将进酒，杯莫停。
与君歌一曲，请君为我倾耳听。
钟鼓馔玉不足贵，但愿长醉不复醒。
古来圣贤皆寂寞，惟有饮者留其名。
陈王昔时宴平乐，斗酒十千恣欢谑。
主人何为言少钱，径须沽取对君酌。
五花马，千金裘，
呼儿将出换美酒，与尔同销万古愁。

将进酒：请喝酒。
金樽：酒杯。
会须：应当。
岑（cén）夫子：岑勋。
丹丘生：作者的朋友。
馔（zhuàn）：吃喝。
陈王：指三国时曹植，曾被魏明帝封为陈思王。
平乐：观名，在洛阳西门外，汉明帝时建造。
恣（zì）欢谑（xuè）：尽情寻欢作乐。
沽（gū）取：买来酒。
五花马：毛色斑驳的马。
千金裘（qiú）：珍贵的皮裘。
将出：拿出。

蜀道难

李白

噫吁嚱，危呼高哉！
蜀道之难，难于上青天！
蚕丛及鱼凫，开国何茫然！
尔来四万八千岁，不与秦塞通人烟。
西当太白有鸟道，可以横绝峨眉巅。
地崩山摧壮士死，然后天梯石栈相钩连。
上有六龙回日之高标，下有冲波逆折之回川。
黄鹤之飞尚不得过，猿猱欲度愁攀援。
青泥何盘盘，百步九折萦岩峦。
扪参历井仰胁息，以手抚膺坐长叹。
问君西游何时还？畏途巉岩不可攀。
但见悲鸟号古木，雄飞雌从绕林间。
又闻子规啼夜月，愁空山。
蜀道之难难于上青天，使人听此凋朱颜！
连峰去天不盈尺，枯松倒挂倚绝壁。
飞湍瀑流争喧豗，砯崖转石万壑雷。
其险也如此，嗟尔远道之人胡为乎来哉？
剑阁峥嵘而崔嵬，一夫当关，万夫莫开。
所守或匪亲，化为狼与豺。
朝避猛虎，夕避长蛇；
磨牙吮血，杀人如麻。
锦城虽云乐，不如早还家。
蜀道之难难于上青天，侧身西望长咨嗟。

噫吁嚱（xū xī）：惊叹声，蜀方言。
蚕丛、鱼凫：传说古蜀国两位国王的名字。
何：多么。
尔来：从那时以来。
当：对着，向着。
太白：太白山。
摧：倒塌。
天梯：陡峭的山路。
高标：蜀山中可作一方标识的最高峰。
冲波：这里指激流。
回川：有漩涡的河流。
猿猱（náo）：泛指善攀援的猿类。
青泥：指青泥岭，在今甘肃徽县南。
扪：指用手摸。
参、井：都是星宿名。
胁息：屏住呼吸。
君：入蜀的友人。
巉（chán）岩：险恶陡峭的山壁。
号古木：在古树中大声啼鸣。
凋朱颜：红颜如花凋谢。
喧豗（huī）：喧闹声。
砯（pīng）崖：水撞石之声。
剑阁：即剑门关。
或匪亲：倘若不是信赖的人。
咨嗟：叹息。

梦游天姥吟留别

李白

海客谈瀛洲，烟涛微茫信难求。
越人语天姥，云霞明灭或可睹。
天姥连天向天横，势拔五岳掩赤城。
天台四万八千丈，对此欲倒东南倾。
我欲因之梦吴越，一夜飞度镜湖月。
湖月照我影，送我至剡溪。
谢公宿处今尚在，渌水荡漾清猿啼。
脚著谢公屐，身登青云梯。
半壁见海日，空中闻天鸡。
千岩万转路不定，迷花倚石忽已暝。
熊咆龙吟殷岩泉，栗深林兮惊层巅。
云青青兮欲雨，水澹澹兮生烟。
列缺霹雳，丘峦崩摧。
洞天石扉，訇然中开。
青冥浩荡不见底，日月照耀金银台。
霓为衣兮风为马，云之君兮纷纷而来下。
虎鼓瑟兮鸾回车，仙之人兮列如麻。
忽魂悸以魄动，恍惊起而长嗟。
惟觉时之枕席，失向来之烟霞。
世间行乐亦如此，古来万事东流水。
别君去兮何时还？
且放白鹿青崖间，须行即骑访名山。
安能摧眉折腰事权贵，使我不得开心颜！

天姥（mǔ）：天姥山，传说登山时能听到仙人天姥唱歌。
瀛（yíng）洲：古代传说中的东海三座仙山之一。
信：确实，实在。
越人：指浙江一带的人。
向天横：直插天空。
剡（shàn）溪：在今浙江嵊州南面。
渌（lù）：清。
谢公屐（jī）：南朝诗人谢灵运穿的一种木屐。
青云梯：指直上云霄的山路。
半壁：半山腰。
暝（míng）：日落，天黑。
澹澹（dàn）：波浪起伏的样子。
列缺：指闪电。
訇（hōng）然：形容声音很大。
青冥：指天空。
金银台：金银铸成的宫阙，指神仙居住的地方。
云之君：云里的神仙。
鸾（luán）回车：鸾鸟驾着车。
魂悸（jì）：心跳。
须：等待。

宣州谢朓楼饯别校书叔云

李白

弃我去者，昨日之日不可留。
乱我心者，今日之日多烦忧。
长风万里送秋雁，对此可以酣高楼。
蓬莱文章建安骨，中间小谢又清发。
俱怀逸兴壮思飞，欲上青天览明月。
抽刀断水水更流，举杯销愁愁更愁。
人生在世不称意，明朝散发弄扁舟。

宣州：今安徽宣城。
谢朓（tiǎo）楼：南齐诗人谢朓所建的楼阁。
校书：官名，即校书郎。
蓬莱：传说中的海上仙山。
建安：东汉末汉献帝的年号。
小谢：指谢朓。
览：通“揽”，摘取之意。
散发弄扁舟：指退隐江湖，不问世事。

独坐敬亭山

李白

众鸟高飞尽，孤云独去闲。
相看两不厌，只有敬亭山。

敬亭山：在今安徽宣城北。
闲：安静。
厌：满足。

古朗月行

李白

小时不识月，呼作白玉盘。
又疑瑶台镜，飞在青云端。
仙人垂两足，桂树何团团。
白兔捣药成，问言与谁餐？
蟾蜍蚀圆影，大明夜已残。
羿昔落九乌，天人清且安。
阴精此沦惑，去去不足观。
忧来其如何？凄怆摧心肝。

呼作：称为。
瑶台：传说神仙居住的地方。
蟾蜍（chánchú）蚀圆影：月亮被蟾蜍所啮食而残损，变得晦暗不明。
羿（yì）：古代神话中射落九个太阳的英雄。
阴精：指月亮。
沦惑：沉沦迷惑。
去去：远去，越去越远。

秋浦歌（十七首选一）

李白

白发三千丈，缘愁似个长。
不知明镜里，何处得秋霜。

秋浦：地名，今安徽贵池。
缘：因为。
个：这样。
秋霜：形容头发白如秋霜。

早发白帝城

李白

朝辞白帝彩云间，千里江陵一日还。
两岸猿声啼不住，轻舟已过万重山。

白帝城：故址在今重庆奉节白帝山上。
彩云间：形容白帝城地势高耸入云。
江陵：今湖北江陵。
万重山：重叠的连绵群山。

望庐山瀑布（二首选一）

李白

日照香炉生紫烟，遥看瀑布挂前川。
飞流直下三千尺，疑是银河落九天。

庐山：在今江西九江南，山上很多飞瀑流泉。
香炉：指庐山香炉峰。
紫烟：因日光照射而呈紫色的云雾。
挂前川：指两山之间的流水形成瀑布，像挂在山前。

夜宿山寺

李白

危楼高百尺，手可摘星辰。
不敢高声语，恐惊天上人。

危楼：这里指山顶的寺庙。
语：说话。
恐：唯恐，害怕。

静夜思

李白

床前明月光，疑是地上霜。
举头望明月，低头思故乡。

疑是：好像是。
举：抬。

赠汪伦

李白

李白乘舟将欲行，忽闻岸上踏歌声。
桃花潭水深千尺，不及汪伦送我情。

将欲行：刚要走。
踏歌：两脚踏着拍子唱歌。
桃花潭：水潭名，在今安徽泾县西南。

闻王昌龄左迁龙标遥有此寄

李白

杨花落尽子规啼，闻道龙标过五溪。
我寄愁心与明月，随风直到夜郎西。

左迁龙标：降职做龙标县尉。
杨花：柳絮。
子规：即杜鹃鸟，相传其啼声哀婉凄切。
龙标：诗中指王昌龄。
五溪：即武溪、巫溪、酉溪、沅溪和辰溪，在今湖南西部。
夜郎：唐代地名。

送友人

李白

青山横北郭，白水绕东城。
此地一为别，孤蓬万里征。
浮云游子意，落日故人情。
挥手自兹去，萧萧班马鸣。

郭：城墙外的墙，指城外。
蓬：草名，枯后随风飘荡，这里喻友人。
兹：此，现在。
班马：离群的马。

望天门山

李白

天门中断楚江开，碧水东流至此回。
两岸青山相对出，孤帆一片日边来。

中断：江水从中隔断两山。
楚江：即长江。
开：劈开，断开。
出：突出，出现。
日边来：从天水相接处的远方驶来。

渡荆门送别

李白

渡远荆门外，来从楚国游。
山随平野尽，江入大荒流。
月下飞天镜，云生结海楼。
仍怜故乡水，万里送行舟。

荆门：位于今湖北宜都。
江：长江。
大荒：广阔无际的田野。
海楼：海市蜃楼。
故乡水：指从四川流来的长江水。
万里：比喻行程之远。

雨　晴

王驾

雨前初见花间蕊，雨后全无叶底花。
蜂蝶纷纷过墙去，却疑春色在邻家。

叶底：绿叶中间。
纷纷：接连不断。

社　日

王驾

鹅湖山下稻粱肥，豚栅鸡栖半掩扉。
桑柘影斜春社散，家家扶得醉人归。

社日：古代祭祀土神的日子，分为春社和秋社。
豚（tún）栅：小猪的猪圈。
鸡栖（qī）：鸡舍。
扉：门。
桑柘（zhè）：桑树和柘树，树叶可用来养蚕。

黄鹤楼

崔颢

昔人已乘黄鹤去，此地空余黄鹤楼。
黄鹤一去不复返，白云千载空悠悠。
晴川历历汉阳树，芳草萋萋鹦鹉洲。
日暮乡关何处是？烟波江上使人愁。

昔人：指传说中的仙人子安，曾乘黄鹤过蛇山。
悠悠：悠长、久远。
历历：分明、可数。
萋（qī）萋：草长得茂盛的样子。
鹦鹉洲：在今湖北武汉西南的长江中。

题破山寺后禅院

常建

清晨入古寺，初日照高林。
曲径通幽处，禅房花木深。
山光悦鸟性，潭影空人心。
万籁此俱寂，惟闻钟磬音。

破山寺：即兴福寺，在今江苏常熟西北的虞山。
幽处：环境幽静之处。
悦：使……喜欢。
空人心：让人忘掉心中杂念。
万籁：自然界的各种声响。
钟磬（qìng）：寺院中诵经和斋供时用来敲击的两种乐器。

夜　月

刘方平

更深月色半人家，北斗阑干南斗斜。
今夜偏知春气暖，虫声新透绿窗纱。

更深：夜深。
月色半人家：月光只照亮了人家房屋的一半。
阑干：指横斜的样子。
偏知：才知，表示出乎意料。
新透：第一次透过。

绝　句（二首选一）

杜甫

迟日江山丽，春风花草香。
泥融飞燕子，沙暖睡鸳鸯。

迟日：指春天日渐长。
泥融：指泥土滋润、湿润。
鸳鸯（yuān yāng）：一种水鸟，雄鸟与雌鸟常成双出没。

望　岳

杜甫

岱宗夫如何？齐鲁青未了。
造化钟神秀，阴阳割昏晓。
荡胸生层云，决眦入归鸟。
会当凌绝顶，一览众山小。

岱（dài）宗：指五岳之首泰山。
齐鲁：古代齐国和鲁国。
青未了：郁郁苍苍的山色无边无际。
钟：聚集、赋予。
决眦（zì）：眼角要裂开。
凌：登上。

春　望

杜甫

国破山河在，城春草木深。
感时花溅泪，恨别鸟惊心。
烽火连三月，家书抵万金。
白头搔更短，浑欲不胜簪。

春望：在春天里远望。
花溅泪：见到花儿，不禁要掉下眼泪。
鸟惊心：听到鸟儿叫声，不禁暗自心惊。
搔（sāo）：轻轻挠头。
浑欲：简直要。
不胜簪（zān）：不能抓住发簪。

石壕吏

杜甫

暮投石壕村，有吏夜捉人。
老翁逾墙走，老妇出门看。
吏呼一何怒，妇啼一何苦。
听妇前致词，三男邺城戍。
一男附书至，二男新战死。
存者且偷生，死者长已矣。
室中更无人，惟有乳下孙。
有孙母未去，出入无完裙。
老妪力虽衰，请从吏夜归。
急应河阳役，犹得备晨炊。
夜久语声绝，如闻泣幽咽。
天明登前途，独与老翁别。

石壕（háo）村：今河南陕县东。
逾（yú）：翻越。
一何：何其、多么。
邺（yè）城：今河南安阳。
附书：捎信。
老妪（yù）：老妇的自称。
河阳：今河南孟州。
备晨炊：置备早饭。

蜀　相

杜甫

丞相祠堂何处寻？锦官城外柏森森。
映阶碧草自春色，隔叶黄鹂空好音。
三顾频烦天下计，两朝开济老臣心。
出师未捷身先死，长使英雄泪满襟。

蜀相：三国蜀汉丞相诸葛亮。
锦官城：今四川成都。
两朝开济：指诸葛亮辅助刘备开创帝业，后又辅佐刘禅。
长使：常常使得。

茅屋为秋风所破歌

杜甫

八月秋高风怒号，卷我屋上三重茅。
茅飞渡江洒江郊，高者挂罥长林梢，
下者飘转沉塘坳。南村群童欺我老无力，
忍能对面为盗贼，公然抱茅入竹去。
唇焦口燥呼不得，归来倚杖自叹息。
俄顷风定云墨色，秋天漠漠向昏黑。
布衾多年冷似铁，娇儿恶卧踏里裂。
床头屋漏无干处，雨脚如麻未断绝。
自经丧乱少睡眠，长夜沾湿何由彻？
安得广厦千万间，大庇天下寒士俱欢颜，
风雨不动安如山！
呜呼！
何时眼前突兀见此屋，
吾庐独破受冻死亦足！

茅屋：指杜甫成都浣花溪畔的草堂。
挂：挂结。
塘坳（ào）：低洼积水处。
俄顷：一会儿。
布衾（qīn）：布被。
丧乱：指安史之乱。
何由彻：怎么挨到天亮。
庇：庇护。
突兀（wù）：形容广厦高耸。
见：通“现”。

闻官军收河南河北

杜甫

剑外忽传收蓟北，初闻涕泪满衣裳。
却看妻子愁何在，漫卷诗书喜欲狂。
白日放歌须纵酒，青春作伴好还乡。
即从巴峡穿巫峡，便下襄阳向洛阳。

官军：政府军队。
收：收复。
剑外：指剑门关以南。
蓟北：今河北北部。
却看：再看。
漫卷：胡乱地卷起。
青春：春天。

旅夜书怀

杜甫

细草微风岸，危樯独夜舟。
星垂平野阔，月涌大江流。
名岂文章著，官应老病休。
飘飘何所似，天地一沙鸥。

危樯（qiáng）：高竖的桅杆。
星垂：星空低垂。
平野阔：原野显得格外广阔。
月涌：月亮倒映，随水涌动。
大江：指长江。

客　至

杜甫

舍南舍北皆春水，但见群鸥日日来。
花径不曾缘客扫，蓬门今始为君开。
盘飧市远无兼味，樽酒家贫只旧醅。
肯与邻翁相对饮，隔篱呼取尽余杯。

客至：客指崔明府，明府是县令的美称。
舍：指家。
蓬门：用蓬草编成的门户。
盘飧（sūn）：指菜肴。
兼味：多种美味佳肴。
旧醅：隔年的陈酒。
呼取：叫，招呼。
余杯：余下的酒。

登　高

杜甫

风急天高猿啸哀，渚清沙白鸟飞回。
无边落木萧萧下，不尽长江滚滚来。
万里悲秋常作客，百年多病独登台。
艰难苦恨繁霜鬓，潦倒新停浊酒杯。

渚：水中小洲。
回：回旋。
落木：落叶。
百年：比喻人生一世。
繁霜鬓：形容两鬓又添白发。
新停浊酒杯：指新近戒了酒。浊酒，指质次之酒。

登岳阳楼

杜甫

昔闻洞庭水，今上岳阳楼。
吴楚东南坼，乾坤日夜浮。
亲朋无一字，老病有孤舟。
戎马关山北，凭轩涕泗流。

坼（chè）：分裂，分开。
乾坤：天地，包括日月。
字：指书信。
戎马：指战争。
凭：靠着。
轩：指栏杆。
涕泗（sì）：指眼泪和鼻涕。

前出塞（九首选一）

杜甫

挽弓当挽强，用箭当用长。
射人先射马，擒贼先擒王。
杀人亦有限，列国自有疆。
苟能制侵陵，岂在多杀伤！

亦有限：也有个限度，有个主从。
自有疆：总归有个疆界。
苟：假如。
侵陵：侵犯、侵略。

春夜喜雨

杜甫

好雨知时节，当春乃发生。
随风潜入夜，润物细无声。
野径云俱黑，江船火独明。
晓看红湿处，花重锦官城。

乃：即。

花重：指春花带雨而显得饱满沉重的样子。

锦官城：今四川成都。

江南逢李龟年

杜甫

岐王宅里寻常见，崔九堂前几度闻。
正是江南好风景，落花时节又逢君。

李龟年：唐代开元、天宝时的著名乐师。

岐王：唐玄宗李隆基的弟弟李范，唐睿宗第四子。

崔九：名涤，唐玄宗的宠臣。

绝　句（四首选一）

杜甫

两个黄鹂鸣翠柳，一行白鹭上青天。
窗含西岭千秋雪，门泊东吴万里船。

黄鹂（lí）：黄莺。

千秋雪：多年不化的积雪。

泊：停靠。

东吴：指长江中下游一带。

赠花卿

杜甫

锦城丝管日纷纷，半入江风半入云。
此曲只应天上有，人间能得几回闻。

花卿：即花敬定，唐朝武将。卿，尊称。

锦城：即锦官城。

丝管：弦乐器和管乐器，这里泛指音乐。

纷纷：形容乐曲轻柔悠扬。

天上：双关语，虚指天宫，实指皇宫。

江畔独步寻花二首

杜甫

黄师塔前江水东，春光懒困倚微风。
桃花一簇开无主，可爱深红爱浅红？

黄四娘家花满蹊，千朵万朵压枝低。
留连戏蝶时时舞，自在娇莺恰恰啼。

畔：指成都锦江之滨。
独步：独自散步。
塔：墓地。

黄四娘：杜甫住成都草堂时的邻居。
蹊（xī）：小路。
留连：即留恋。
恰恰：拟声词，形容鸟叫声和谐动听。

白雪歌送武判官归京

岑参

北风卷地白草折，胡天八月即飞雪。
忽如一夜春风来，千树万树梨花开。
散入珠帘湿罗幕，狐裘不暖锦衾薄。
将军角弓不得控，都护铁衣冷难着。
瀚海阑干百丈冰，愁云惨淡万里凝。
中军置酒饮归客，胡琴琵琶与羌笛。
纷纷暮雪下辕门，风掣红旗冻不翻。
轮台东门送君去，去时雪满天山路。
山回路转不见君，雪上空留马行处。

岑参（cénshēn）：唐代边塞诗人。
武判官：作者的同事。
白草：西域草名，秋天变白。
控：引弓。
都护：设在边疆地区的长官。
着：同“著”。
瀚海：大沙漠。
阑干：纵横散乱的样子。
惨淡：暗淡无光。
凝：聚集不动。
辕门：军营门。
掣（chè）：牵动。
轮台：在今新疆米泉市。
天山：在今新疆中部。

逢入京使

岑参

故园东望路漫漫，双袖龙钟泪不干。
马上相逢无纸笔，凭君传语报平安。

逢入京使：遇到回都城的使者。
故园：故乡。
龙钟：沾湿的样子。
凭：托。

枫桥夜泊

张继

月落乌啼霜满天，江枫渔火对愁眠。
姑苏城外寒山寺，夜半钟声到客船。

枫桥：在今江苏苏州西郊。
江枫：水边的枫树。
姑苏：苏州别称，因城西南的姑苏山得名。
寒山寺：在今苏州枫桥镇。

逢雪宿芙蓉山主人

刘长卿

日暮苍山远，天寒白屋贫。
柴门闻犬吠，风雪夜归人。

逢：碰到。
宿芙蓉山主人：意为投宿到芙蓉山的人家中。
白屋：指茅草盖的房子。

寒　食

韩翃

春城无处不飞花，寒食东风御柳斜。
日暮汉宫传蜡烛，轻烟散入五侯家。

韩翃（hóng）：唐代诗人。
寒食：节日名，清明节的前两天。
城：指京城长安。
东风：指春风。
御柳：指皇城内的柳树。
汉宫：指唐宫。
五侯：泛指朝庭权贵。

滁州西涧

韦应物

独怜幽草涧边生，上有黄鹂深树鸣。
春潮带雨晚来急，野渡无人舟自横。

滁州：今安徽滁州。
西涧：滁州西门外的小溪。
怜：喜爱。
幽草：深密的野草。
野渡：无专人负责的渡口。

塞下曲（四首选二）

卢纶

林暗草惊风，将军夜引弓。
平明寻白羽，没在石棱中。

月黑雁飞高，单于夜遁逃。
欲将轻骑逐，大雪满弓刀。

惊风：突然被风吹动。
将军：指西汉飞将军李广。
引弓：拉弓。
平明：天刚亮。
白羽：指箭杆带白羽毛的箭。
没：陷入，这里指钻进。

单于（chán yú）：匈奴的首领，此处指入侵者的最高统帅。
遁：逃走。
将（jiàng）：率领。
轻骑（jì）：精锐的骑兵。
满：沾满。

游子吟

孟郊

慈母手中线，游子身上衣。
临行密密缝，意恐迟迟归。
谁言寸草心，报得三春晖？

吟：诗体的一种。
寸草：小草，喻子女。
三春：孟春、仲春、季春，即农历正月、二月、三月。
晖：阳光，喻慈母的爱。

左迁至蓝关示侄孙湘

韩愈

一封朝奏九重天，夕贬潮州路八千。
欲为圣明除弊事，肯将衰朽惜残年。
云横秦岭家何在？雪拥蓝关马不前。
知汝远来应有意，好收吾骨瘴江边。

左迁：古代指降职贬官。
蓝关：即蓝田关。
侄孙湘：即韩湘，韩愈侄子韩老成的长子。
朝奏：向皇帝上书。
九重天：指皇帝。
弊（bì）事：指迎佛骨之类迷信佛教的事。
汝：你，指韩湘。
瘴（zhàng）江：指潮州韩江。

早春呈水部张十八员外（二首选一）

韩愈

天街小雨润如酥，草色遥看近却无。
最是一年春好处，绝胜烟柳满皇都。

张十八员外：即唐代诗人张籍，时任水部员外郎，兄弟排行十八。
天街：京城长安的街道。
润如酥：像酥油一样滋润着大地。
绝胜：绝对胜过。
烟柳：柳绿如烟。

竹枝词（二首选一）

刘禹锡

杨柳青青江水平，闻郎江上踏歌声。
东边日出西边雨，道是无晴却有晴。

竹枝词：是巴渝地区的民歌。
踏歌：边走边唱，以脚步为节拍。
晴：同“情”，此为双关语。

西塞山怀古

刘禹锡

王濬楼船下益州，金陵王气黯然收。
千寻铁锁沉江底，一片降幡出石头。
人世几回伤往事，山形依旧枕寒流。
今逢四海为家日，故垒萧萧芦荻秋。

西塞山：位于今湖北黄石，站在山顶犹如身临江中。
王濬（jùn）：晋代益州刺史。
寻：古代长度单位。
降幡（xiáng fān）：求降的旗子。
山形：指西塞山。
寒流：指长江。
芦荻：生长于湿地和水中的两种植物。

酬乐天扬州初逢席上见赠

刘禹锡

巴山楚水凄凉地，二十三年弃置身。
怀旧空吟闻笛赋，到乡翻似烂柯人。
沉舟侧畔千帆过，病树前头万木春。
今日听君歌一曲，暂凭杯酒长精神。

酬：以诗赠答。
乐天：即白居易。
闻笛赋：作者引用西晋向秀的《思旧赋》，表达对故友的怀念。
烂柯人：出自《述异记》，作者借典故表达世事变化。

石头城

刘禹锡

山围故国周遭在，潮打空城寂寞回。
淮水东边旧时月，夜深还过女墙来。

石头城：位于今江苏南京的清凉山。
故国：这里指旧都。
周遭：环绕。
淮水：指秦淮河。
旧时：指汉魏六朝时。
女墙：指石头城上的矮墙。

乌衣巷

刘禹锡

朱雀桥边野草花，乌衣巷口夕阳斜。
旧时王谢堂前燕，飞入寻常百姓家。

乌衣巷：在今江苏南京秦淮河南。
王谢：东晋王导、谢安诸豪门望族皆居乌衣巷。

浪淘沙（九首选一）

刘禹锡

九曲黄河万里沙，浪淘风簸自天涯。
如今直上银河去，同到牵牛织女家。

簸（bǒ）：掀翻，上下翻动。
自天涯：来自天边。

望洞庭

刘禹锡

湖光秋月两相和，潭面无风镜未磨。
遥望洞庭山水色，白银盘里一青螺。

潭面：指湖面。
镜未磨：如同镜面没打磨时照物模糊。
山水色：也作“山水翠”。
青螺：指洞庭湖中的君山。

秋　词

刘禹锡

自古逢秋悲寂寥，我言秋日胜春朝。
晴空一鹤排云上，便引诗情到碧霄。

寂寥：静寂，空阔。
春朝（zhāo）：指春天。
碧霄：晴朗的天空。

赋得古原草送别

白居易

离离原上草，一岁一枯荣。
野火烧不尽，春风吹又生。
远芳侵古道，晴翠接荒城。
又送王孙去，萋萋满别情。

离离：形容春草繁茂。
远芳：指芳草绵延至远处。
王孙：贵族的后代，这里指所送的人。
萋萋：草茂盛的样子。

池　上

白居易

小娃撑小艇，偷采白莲回。
不解藏踪迹，浮萍一道开。

小艇：轻便的小船。
白莲：白色的莲花。
踪迹：指被小艇划开的浮萍。

卖炭翁

白居易

卖炭翁，伐薪烧炭南山中。
满面尘灰烟火色，两鬓苍苍十指黑。
卖炭得钱何所营？身上衣裳口中食。
可怜身上衣正单，心忧炭贱愿天寒。
夜来城外一尺雪，晓驾炭车辗冰辙。
牛困人饥日已高，市南门外泥中歇。
翩翩两骑来是谁？黄衣使者白衫儿。
手把文书口称敕，回车叱牛牵向北。
一车炭，千余斤，宫使驱将惜不得。
半匹红纱一丈绫，系向牛头充炭值！

伐薪：砍柴。
何所营：做什么用。
辗(niǎn)：碾压。
辙(zhé)：车轮压出来的沟。
黄衣使者：皇宫里派出来的采办人。
敕(chì)：皇帝的命令。
惜不得：舍不得。

琵琶行

白居易

元和十年，予左迁九江郡司马。明年秋，送客湓浦口，闻舟中夜弹琵琶者，听其音，铮铮然有京都声。问其人，本长安倡女，尝学琵琶于穆、曹二善才，年长色衰，委身为贾人妇。遂命酒，使快弹数曲。曲罢悯然，自叙少小时欢乐事，今漂沦憔悴，转徙于江湖间。予出官二年，恬然自安，感斯人言，是夕始觉有迁谪意。因为长句，歌以赠之，凡六百一十六言，命曰《琵琶行》。

浔阳江头夜送客，枫叶荻花秋瑟瑟。
主人下马客在船，举酒欲饮无管弦。
醉不成欢惨将别，别时茫茫江浸月。
忽闻水上琵琶声，主人忘归客不发。
寻声暗问弹者谁？琵琶声停欲语迟。
移船相近邀相见，添酒回灯重开宴。
千呼万唤始出来，犹抱琵琶半遮面。
转轴拨弦三两声，未成曲调先有情。
弦弦掩抑声声思，似诉平生不得志。
低眉信手续续弹，说尽心中无限事。
轻拢慢捻抹复挑，初为霓裳后六幺。
大弦嘈嘈如急雨，小弦切切如私语。
嘈嘈切切错杂弹，大珠小珠落玉盘。
间关莺语花底滑，幽咽泉流冰下难。

浔(xún)阳江：长江流经九江北面一段称浔阳江。
无管弦：指无音乐助兴。

拢(lǒng)：抚弦。
捻(niǎn)：柔弦。
抹：顺手下拨。
挑：反手回拨。
霓裳：即《霓裳羽衣曲》。
六幺：大曲名，又叫《乐世》《绿腰》《录要》。

冰泉冷涩弦凝绝，凝绝不通声暂歇。
别有幽愁暗恨生，此时无声胜有声。
银瓶乍破水浆迸，铁骑突出刀枪鸣。
曲终收拨当心画，四弦一声如裂帛。
东船西舫悄无言，唯见江心秋月白。
沉吟放拨插弦中，整顿衣裳起敛容。
自言本是京城女，家在虾蟆陵下住。
十三学得琵琶成，名属教坊第一部。
曲罢曾教善才服，妆成每被秋娘妒。
五陵年少争缠头，一曲红绡不知数。
钿头银篦击节碎，血色罗裙翻酒污。
今年欢笑复明年，秋月春风等闲度。
弟走从军阿姨死，暮去朝来颜色故。
门前冷落鞍马稀，老大嫁作商人妇。
商人重利轻别离，前月浮梁买茶去。
去来江口守空船，绕船月明江水寒。
夜深忽梦少年事，梦啼妆泪红阑干。
我闻琵琶已叹息，又闻此语重唧唧。
同是天涯沦落人，相逢何必曾相识！
我从去年辞帝京，谪居卧病浔阳城。
浔阳地僻无音乐，终岁不闻丝竹声。
住近湓江地低湿，黄芦苦竹绕宅生。
其间旦暮闻何物？杜鹃啼血猿哀鸣。
春江花朝秋月夜，往往取酒还独倾。
岂无山歌与村笛？呕哑嘲哳难为听。
今夜闻君琵琶语，如听仙乐耳暂明。

虾蟆陵：在长安城东南，当时有名的游乐区。

教坊：唐代官办管理音乐杂技、教练歌舞的机关。

善才：唐代对琵琶艺人和乐师的通称。

秋娘：唐代歌舞妓常用名。

五陵：在长安城外，汉代皇陵集中处。

浮梁：古县名，在今江西景德镇，当时茶叶贸易兴盛。

莫辞更坐弹一曲，为君翻作《琵琶行》。
感我此言良久立，却坐促弦弦转急。
凄凄不似向前声，满座重闻皆掩泣。
座中泣下谁最多？江州司马青衫湿。

青衫：唐代八品、九品文官的服色。

问刘十九

白居易

绿蚁新醅酒，红泥小火炉。
晚来天欲雪，能饮一杯无？

刘十九：刘禹锡（刘二十八）的堂兄刘禹铜，洛阳富商，与白居易常有应酬。
绿蚁：指浮在未过滤米酒上的绿色泡沫。
醅（pēi）：酿造。

观刈麦

白居易

田家少闲月，五月人倍忙。
夜来南风起，小麦覆陇黄。
妇姑荷箪食，童稚携壶浆，
相随饷田去，丁壮在南冈。
足蒸暑土气，背灼炎天光，
力尽不知热，但惜夏日长。
复有贫妇人，抱子在其旁，
右手秉遗穗，左臂悬敝筐。
听其相顾言，闻者为悲伤。
家田输税尽，拾此充饥肠。
今我何功德？曾不事农桑。
吏禄三百石，岁晏有余粮，
念此私自愧，尽日不能忘。

刈（yì）：割。
陇：同“垄”，这里指麦地。
箪（dān）食：用竹篮盛的饭。
饷（xiǎng）田：给在田里劳动的人送饭。
惜：珍惜。
秉：拿着。
悬：挎着。
输税：缴纳租税。
岁晏（yàn）：年底。

暮江吟

白居易

一道残阳铺水中，半江瑟瑟半江红。
可怜九月初三夜，露似真珠月似弓。

残阳：这里指天边晚霞。
铺：铺展。
瑟瑟：一种碧色宝玉，这里用来形容江水的颜色。
怜：爱。
真珠：珍珠。

钱塘湖春行

白居易

孤山寺北贾亭西，水面初平云脚低。
几处早莺争暖树，谁家新燕啄春泥。
乱花渐欲迷人眼，浅草才能没马蹄。
最爱湖东行不足，绿杨阴里白沙堤。

钱塘湖：今杭州西湖。
孤山：西湖上的一处名胜。
贾亭：唐朝杭州刺史贾全建的亭子。
行不足：逛不够。
白沙堤：即白堤，又称沙堤或断桥堤。

大林寺桃花

白居易

人间四月芳菲尽，山寺桃花始盛开。
长恨春归无觅处，不知转入此中来。

大林寺：在庐山香炉峰顶。
芳菲：泛指各种花。
始：才。
长：常。
春归：春去。

小儿垂钓

胡令能

蓬头稚子学垂纶，侧坐莓苔草映身。
路人借问遥招手，怕得鱼惊不应人。

蓬头：形容小孩可爱。
垂纶（lún）：钓鱼。纶，钓鱼用的丝线。
映：遮映。
借问：向人打听。

悯农二首

李绅

春种一粒粟，秋收万颗籽。
四海无闲田，农夫犹饿死。

锄禾日当午，汗滴禾下土。
谁知盘中餐，粒粒皆辛苦。

粟：这里泛指谷类植物。
四海：普天下。
闲田：荒废不耕种的土地。
犹：还要。

锄禾：在禾苗田地里锄草。
餐：饭食。

江　雪

柳宗元

千山鸟飞绝，万径人踪灭。
孤舟蓑笠翁，独钓寒江雪。

踪：脚印。
蓑（suō）：蓑衣。
笠（lì）：斗笠。
翁：作者自指。

离　思（五首选一）

元稹

曾经沧海难为水，除却巫山不是云。
取次花丛懒回顾，半缘修道半缘君。

沧海：大海。
取次：任意，随便。
缘：为了，因为。
君：这里指元稹的亡妻。

闻乐天左迁江州司马

元稹

残灯无焰影幢幢，此夕闻君谪九江。
垂死病中惊坐起，暗风吹雨入寒窗。

幢（chōng）幢：昏暗，摇曳不定。
谪（zhé）：降职。

寻隐者不遇

贾岛

松下问童子，言师采药去。
只在此山中，云深不知处。

童子：这里指隐者的弟子。
言：回答，说。
云深：指山上云雾缭绕。
处：地方。

剑　客

贾岛

十年磨一剑，霜刃未曾试。
今日把示君，谁有不平事？

剑客：行侠仗义的人。
霜刃：形容剑锋寒光闪闪，十分锋利。
把示：拿给人看。

题李凝幽居

贾岛

闲居少邻并，草径入荒园。
鸟宿池边树，僧敲月下门。
过桥分野色，移石动云根。
暂去还来此，幽期不负言。

邻并：邻接，这里指邻居。
分野色：山野景色被桥分开。
移石：移动于山石之间。
云根：这里指山石。
幽期：隐逸的期约。
不负言：不食言、守承诺。

雁门太守行

李贺

黑云压城城欲摧，甲光向日金鳞开。
角声满天秋色里，塞上胭脂凝夜紫。
半卷红旗临易水，霜重鼓寒声不起。
报君黄金台上意，提携玉龙为君死！

黑云压城：指敌军犹如黑云阵阵直压过来。
甲：铠甲。
金鳞开：像金色鱼鳞在闪光。
胭脂：指边塞日落时被霞光映成紫红色的泥土。
声不起：声音低沉不扬。
黄金台：在易水东南十八里。
玉龙：宝剑的代称。

李凭箜篌引

李贺

吴丝蜀桐张高秋，空山凝云颓不流。
湘娥啼竹素女愁，李凭中国弹箜篌。
昆山玉碎凤凰叫，芙蓉泣露香兰笑。
十二门前融冷光，二十三丝动紫皇。
女娲炼石补天处，石破天惊逗秋雨。
梦入神山教神妪，老鱼跳波瘦蛟舞。
吴质不眠倚桂树，露脚斜飞湿寒兔。

李凭：唐朝梨园艺人，擅长弹奏箜篌（kōng hóu）。
张：调好弦，准备弹奏。
中国：即国之中央，指京城。
十二门：长安城东西南北各三门，共十二门。
丝：弦。
逗：引来。
吴质：即吴刚，被天帝惩罚在月宫砍桂树的仙人。
露脚：露珠下滴的形象说法。
寒兔：指秋月，传说月中有玉兔。

题都城南庄

崔护

去年今日此门中，人面桃花相映红。
人面不知何处去，桃花依旧笑春风。

都城：指唐朝都城长安。
人面：指姑娘的脸。在第三句中指代姑娘。
笑：形容桃花盛开。

清　明

杜牧

清明时节雨纷纷，路上行人欲断魂。
借问酒家何处有？牧童遥指杏花村。

杏花村：杏花深处的村落。

江南春

杜牧

千里莺啼绿映红，水村山郭酒旗风。
南朝四百八十寺，多少楼台烟雨中。

山郭：山城。
风：在风中招展。
南朝：包括宋、齐、梁、陈四个朝代。
四百八十寺：是个约数，指南朝统治者修建了众多寺院。

赤　壁

杜牧

折戟沉沙铁未销，自将磨洗认前朝。
东风不与周郎便，铜雀春深锁二乔。

折戟(jǐ)：断戟。
自将：亲自拿起。
周郎：即周瑜。
铜雀：指铜雀台，曹操妻妾居住的地方。
二乔：指乔玄两个女儿，大乔嫁给孙策，小乔嫁给周瑜。

过华清宫（三首选一）

杜牧

长安回望绣成堆，山顶千门次第开。
一骑红尘妃子笑，无人知是荔枝来。

绣成堆：骊山有东绣岭、西绣岭，岭上如同锦绣堆成。
千门：指门户众多的宫殿。
次第：依次。
一骑(jì)红尘：骑马的人飞驰而来，尘土飞扬。
妃子：指杨贵妃。

泊秦淮

杜牧

烟笼寒水月笼沙，夜泊秦淮近酒家。
商女不知亡国恨，隔江犹唱后庭花。

秦淮：即秦淮河。
烟：烟雾。
商女：卖唱的歌女。
后庭花：歌曲《玉树后庭花》的简称。

山　行

杜牧

远上寒山石径斜，白云生处有人家。
停车坐爱枫林晚，霜叶红于二月花。

山行：在山间经过。
寒山：指深秋时节的山峰。
坐：因为。

秋　夕

杜牧

银烛秋光冷画屏，轻罗小扇扑流萤。
天阶夜色凉如水，卧看牵牛织女星。

秋夕：秋天的夜晚。
画屏：画有图案的屏风。
轻罗小扇：轻巧的丝质团扇。
流萤：飞动的萤火虫。
天阶：露天的石阶。

商山早行

温庭筠

晨起动征铎，客行悲故乡。
鸡声茅店月，人迹板桥霜。
槲叶落山路，枳花照驿墙。
因思杜陵梦，凫雁满回塘。

商山：在今陕西山阳县与丹凤县辖区交界，也称楚山。
征铎（duó）：车马上的铃。
槲（hú）叶：槲树的叶。
枳（zhǐ）花：枳树的花。
杜陵：古地名，在今陕西西安东南。
凫（fú）雁：大雁或野鸭。

不第后赋菊

黄巢

待到秋来九月八，我花开后百花杀。
冲天香阵透长安，满城尽带黄金甲。

不第：科举落第。
九月八：九月九日为重阳节，为了押韵而说“九月八”。
杀：草木枯萎。
黄金甲：指金黄色铠甲一样的菊花。

夜雨寄北

李商隐

君问归期未有期，巴山夜雨涨秋池。
何当共剪西窗烛，却话巴山夜雨时。

夜雨寄北：一题为“夜雨寄内”。内，指妻室。
涨秋池：秋雨使池塘水涨。
何当：何时能够。
却话：回头说起。

无　题

李商隐

相见时难别亦难，东风无力百花残。
春蚕到死丝方尽，蜡炬成灰泪始干。
晓镜但愁云鬓改，夜吟应觉月光寒。
蓬山此去无多路，青鸟殷勤为探看。

东风：指春风。
残：凋零。
云鬓：形容女子浓密如云的发髻。
蓬山：传说海上的仙山，这里指心爱女子的住地。
青鸟：仙鸟，指递信使者。

锦　瑟

李商隐

锦瑟无端五十弦，一弦一柱思华年。
庄生晓梦迷蝴蝶，望帝春心托杜鹃。
沧海月明珠有泪，蓝田日暖玉生烟。
此情可待成追忆？只是当时已惘然。

锦瑟：绘纹如锦的一种乐器。
五十弦：锦瑟通常是二十五弦。五十弦锦瑟是作者自喻。
庄生晓梦：引用庄周梦蝶典故，以表人生如梦。
望帝春心：望帝，指蜀王杜宇。传说蜀王因水灾让位于臣子后隐归山林，死后化为杜鹃日夜悲鸣直至啼血。
蓝田：山名，在陕西蓝田东。
可待：岂待。

乐游原

李商隐

向晚意不适，驱车登古原。
夕阳无限好，只是近黄昏。

乐游原：位于今陕西西安东南，唐代游览胜地。
向晚：傍晚。
古原：指乐游原。

蜂

罗隐

不论平地与山尖，无限风光尽被占。
采得百花成蜜后，为谁辛苦为谁甜？

尽：全部、都。
为谁甜：为了让谁尝到甜蜜？

梅　花

林逋

众芳摇落独暄妍，占尽风情向小园。
疏影横斜水清浅，暗香浮动月黄昏。
霜禽欲下先偷眼，粉蝶如知合断魂。
幸有微吟可相狎，不须檀板共金尊。

林逋（bū）：北宋著名隐逸诗人。
暄（xuān）妍：明媚鲜丽。
疏影横斜：梅花疏疏落落，斜横枝干投在水中的影子。
霜禽：羽毛白色的禽鸟。
合：应该。
狎（xiá）：玩赏，亲近。
檀（tán）板：檀木的拍子板。

蚕　妇

张俞

昨日入城市，归来泪满巾。
遍身罗绮者，不是养蚕人！

蚕妇：养蚕的妇女。
遍身：浑身上下。
罗绮（qǐ）者：身穿绫罗绸缎的人。

江上渔者

范仲淹

江上往来人，但爱鲈鱼美。
君看一叶舟，出没风波里。

渔者：捕鱼的人。
但爱：只知喜爱。
一叶舟：像一片树叶的小船。

元　日

王安石

爆竹声中一岁除，春风送暖入屠苏。
千门万户曈曈日，总把新桃换旧符。

元日：农历正月初一。
屠苏：屠苏酒。
曈（tóng）曈日：太阳初升的景象。
新桃：新桃符。桃符是一种绘有神像、挂在门上辟邪的桃木板。

登飞来峰

王安石

飞来山上千寻塔，闻说鸡鸣见日升。
不畏浮云遮望眼，自缘身在最高层。

飞来峰：即飞来山，在今浙江杭州灵隐寺前。
寻：古代长度单位。
自：本来。
缘：因为。

梅　花

王安石

墙角数枝梅，凌寒独自开。
遥知不是雪，为有暗香来。

凌寒：冒着严寒。
遥知：远远地就知道。
为(wèi)：因为。

泊船瓜洲

王安石

京口瓜洲一水间，钟山只隔数重山。
春风又绿江南岸，明月何时照我还。

瓜洲：在江苏扬州南面。
京口：与瓜洲隔江相望。
钟山：今江苏南京的紫金山。
数重(chóng)：几道。
绿：吹绿。

饮湖上初晴后雨（二首选一）

苏轼

水光潋滟晴方好，山色空濛雨亦奇。
欲把西湖比西子，淡妆浓抹总相宜。

潋滟(liàn yàn)：水光闪动的样子。
空：形容雨中烟雨迷蒙。
西子：指西施，春秋时美女。

六月二十七日望湖楼醉书

苏轼

黑云翻墨未遮山，白雨跳珠乱入船。
卷地风来忽吹散，望湖楼下水如天。

翻墨：打翻的黑墨水。
白雨：夏日阵雨的特殊景观。
卷地风来：指狂风席地卷来。
水如天：形容湖面像天空一样开阔而平静。

题西林壁

苏轼

横看成岭侧成峰，远近高低各不同。
不识庐山真面目，只缘身在此山中。

西林：西林寺，宋代改称乾明寺，位于江西庐山。
岭：指一列山脉。
峰：山的尖顶。
缘：因为。

惠崇春江晚景

苏轼

竹外桃花三两枝，春江水暖鸭先知。
蒌蒿满地芦芽短，正是河豚欲上时。

惠崇：宋初九僧之一，能诗能画。
蒌蒿（lóu hāo）：草名，有青蒿、白蒿等品种。
河豚（tún）：指一种鱼。
上：指逆江而上。

登快阁

黄庭坚

痴儿了却公家事，快阁东西倚晚晴。
落木千山天远大，澄江一道月分明。
朱弦已为佳人绝，青眼聊因美酒横。
万里归船弄长笛，此心吾与白鸥盟。

快阁：在今江西赣江之上。
痴儿：作者自指。
澄江：指清澈的赣江。
朱弦：这里指琴。
佳人：这里指知己、知音。
青眼：这里指正眼看人。
弄：演奏。
与白鸥盟：这里借与鸥鸟盟誓表示无利禄之心，指归隐。

陶　者

梅尧臣

陶尽门前土，屋上无片瓦。
十指不沾泥，鳞鳞居大厦。

陶者：制造陶器的工人，此处指烧瓦工匠。
鳞鳞：形容大厦上的瓦片排列得像鱼鳞一样。

夏日绝句

李清照

生当作人杰，死亦为鬼雄。
至今思项羽，不肯过江东。

项羽：秦末起义军领袖，秦灭后自封西楚霸王。
江东：指长江下游南岸一带，是项羽起兵的地方。

三衢道中

曾几

梅子黄时日日晴，小溪泛尽却山行。
绿阴不减来时路，添得黄鹂四五声。

三衢（qú）：即衢州，今浙江常山，因境内有三衢山而得名。
道中：在行路途中。
梅子黄时：指五月，梅子成熟的季节。
小溪泛尽：乘小船走到小溪的尽头。
却山行：再走山间小路。

游山西村

陆游

莫笑农家腊酒浑，丰年留客足鸡豚。
山重水复疑无路，柳暗花明又一村。
箫鼓追随春社近，衣冠简朴古风存。
从今若许闲乘月，拄杖无时夜叩门。

山西村：今浙江绍兴鉴湖附近的一个村庄。
豚：小猪，此处指猪肉。
春社：古代的春社日，这天人们吹箫打鼓祈求丰收。
乘月：趁着月明的夜晚。
无时：随时。

剑门道中遇微雨

陆游

衣上征尘杂酒痕，远游无处不消魂。
此身合是诗人未？细雨骑驴入剑门。

剑门：在今四川剑阁县北，其山削壁中断，两崖相嵌，如门之辟，如剑之植。
合：应该。
未：表示发问。

临安春雨初霁

陆游

世味年来薄似纱，谁令骑马客京华？
小楼一夜听春雨，深巷明朝卖杏花。
矮纸斜行闲作草，晴窗细乳戏分茶。
素衣莫起风尘叹，犹及清明可到家。

霁（jì）：雨后或雪后转晴。
世味：人世滋味。
矮纸：短纸、小纸。
草：指草书。
细乳：沏茶时水面呈白色的小泡沫。
分茶：宋元时煎茶之手法。
素衣：原指白色的衣服，这里指作者对自己的谦称。
风尘叹：因风尘而叹息。

书　愤（五首选一）

陆游

早岁那知世事艰，中原北望气如山。
楼船夜雪瓜洲渡，铁马秋风大散关。
塞上长城空自许，镜中衰鬓已先斑。
出师一表真名世，千载谁堪伯仲间！

世事：指北伐复国之事。
楼船：高大的战船。
瓜洲渡：在今江苏扬州长江北岸。
塞上长城：比喻能守边的将领。南宋名将檀道济曾自称万里长城。这里作者自比。
伯仲间：指能够相提并论。

金错刀行

陆游

黄金错刀白玉装，夜穿窗扉出光芒。
丈夫五十功未立，提刀独立顾八荒。
京华结交尽奇士，意气相期共生死。
千年史册耻无名，一片丹心报天子。
尔来从军天汉滨，南山晓雪玉嶙峋。
呜呼！
楚虽三户能亡秦，岂有堂堂中国空无人！

金错刀：用黄金装饰的刀。
八荒：指四面八方边远地区。
奇士：非常之士。德行或才智出众的人。
尔来：近来。
天汉滨：汉水边。
南山：终南山，在陕西南部。
嶙峋（lín xún）：山石参差重叠。
三户：指屈、景、昭三家。

冬夜读书示子聿（选一）

陆游

古人学问无遗力，少壮功夫老始成。
纸上得来终觉浅，绝知此事要躬行。

示：训示、指示。
子聿（yù）：陆游的小儿子。
无遗力：竭尽全力。
纸：书本。
终：到底，毕竟。
绝知：深入、透彻的理解。
躬行：亲身实践。

秋夜将晓出篱门迎凉有感

陆游

三万里河东入海，五千仞岳上摩天。
遗民泪尽胡尘里，南望王师又一年。

河：指黄河。
仞：古代一种长度单位。
岳：指五岳之一的西岳华山。
胡尘：指金人入侵中原，也指胡人骑兵的铁蹄践踏扬起的尘土和金朝的暴政。
南望：远眺南方。
王师：指宋朝的军队。

十一月四日风雨大作

陆游

僵卧孤村不自哀，尚思为国戍轮台。
夜阑卧听风吹雨，铁马冰河入梦来。

僵卧：直挺挺躺着。
孤村：这里指作者故乡山阴。
戍：军队防守。
轮台：汉代西域地名，这里泛指北方的边防据点。
夜阑（lán）：夜深。

示　儿

陆游

死去元知万事空，但悲不见九州同。
王师北定中原日，家祭无忘告乃翁。

示儿：给儿子们看。
元知：本来就知道。元，同“原”。
万事空：什么都没有了。
同：统一。
王师：指宋朝的军队。
定：平定，收复。
家祭：祭祀。
乃翁：你们的父亲。

四时田园杂兴（六十首选二）

范成大

昼出耘田夜绩麻，村庄儿女各当家。
童孙未解供耕织，也傍桑阴学种瓜。

绩麻：把麻搓成线。
供：从事，参加。
傍：靠近。
桑阴：桑树底下阴凉地方。

梅子金黄杏子肥，麦花雪白菜花稀。
日长篱落无人过，唯有蜻蜓蛱蝶飞。

菜花：油菜花。
篱落：篱笆的影子随着太阳升高变得越来越短。
蛱(jiá)蝶：蝴蝶。

小　池

杨万里

泉眼无声惜细流，树阴照水爱晴柔。
小荷才露尖尖角，早有蜻蜓立上头。

泉眼：泉水出口。
惜：爱惜。
晴柔：晴天的柔和风光。
尖尖角：没有生长开的嫩荷叶的尖端。

晓出净慈寺送林子方

杨万里

毕竟西湖六月中，风光不与四时同。
接天莲叶无穷碧，映日荷花别样红。

晓出：早晨走出。
净慈寺：位于浙江杭州西湖边上。
毕竟：到底。
四时：四季。
别样：特别，异常。

春　日

朱熹

胜日寻芳泗水滨，无边光景一时新。
等闲识得东风面，万紫千红总是春。

胜日：指春光明媚的日子。
寻芳：春游赏花。
泗(sì)水：位于今山东西南部。
无边：指到处都是。
等闲：寻常，随便。

观书有感（二首选一）

朱熹

半亩方塘一鉴开，天光云影共徘徊。
问渠那得清如许？为有源头活水来。

鉴：镜子。
开：打开。
渠：指方塘。
那得：怎么会。
许：这样。

题临安邸

林升

山外青山楼外楼，西湖歌舞几时休？
暖风熏得游人醉，直把杭州作汴州！

临安：今浙江杭州。
邸：旅店。
汴州：今河南开封，是北宋时的都城。

游园不值

叶绍翁

应怜屐齿印苍苔，小扣柴扉久不开。
春色满园关不住，一枝红杏出墙来。

怜：爱惜。
屐（jī）：鞋。
小扣：轻轻敲门。
柴扉：柴门。

乡村四月

翁卷

绿遍山原白满川，子规声里雨如烟。
乡村四月闲人少，才了蚕桑又插田。

川：河流。
子规：杜鹃鸟。
雨如烟：指南方梅雨季节的细雨，迷迷茫茫如烟雾。
才了：刚才做完。
插田：在田里插秧。

绝　句

释志南

古木阴中系短篷，杖藜扶我过桥东。
沾衣欲湿杏花雨，吹面不寒杨柳风。

短篷：小船。
杖藜（lí）：指藜杖。
杏花雨：杏花盛开时节的雨。
杨柳风：古人把应花期而来的风，称为花信风。其中清明节尾期的花信是柳花，或称杨柳风。

春游湖

徐俯

双飞燕子几时回？夹岸桃花蘸水开。
春雨断桥人不渡，小舟撑出柳阴来。

湖：指杭州西湖。
夹岸：两岸。
蘸(zhàn)水开：贴着水面开放。
断桥：指湖水漫过桥面，阻断道路。

约　客

赵师秀

黄梅时节家家雨，青草池塘处处蛙。
有约不来过夜半，闲敲棋子落灯花。

黄梅时节：梅子黄熟的季节。
家家雨：到处都在下雨。
处处蛙：到处是蛙声。
落灯花：油灯的灯芯烧残后落下来，就像闪亮的花。

过零丁洋

文天祥

辛苦遭逢起一经，干戈寥落四周星。
山河破碎风飘絮，身世浮沉雨打萍。
惶恐滩头说惶恐，零丁洋里叹零丁。
人生自古谁无死，留取丹心照汗青。

零丁洋：今广东中山市南零丁山下的海面。
起一经：指由一部儒家经典立身。
四周星：四年。
风飘絮：像被风吹散飞扬的柳絮。
惶恐滩：在今江西万安，水流湍急，是赣江十八滩之一。
汗青：史册。

墨　梅（四首选一）

王冕

我家洗砚池边树，朵朵花开淡墨痕。
不要人夸好颜色，只留清气满乾坤。

墨梅：用淡墨画出来的梅。
洗砚池：洗笔砚的池塘。
清气：双关语，以梅花高洁的气质比喻画家的品格。
乾坤：天地。

石灰吟

于谦

千锤万凿出深山，烈火焚烧若等闲。
粉骨碎身浑不怕，要留清白在人间。

若等闲：好像是平常事情。

浑（hún）：全然、全都。

精　卫

顾炎武

万事有不平，尔何空自苦？
长将一寸身，衔木到终古。
我愿平东海，身沈心不改。
大海无平期，我心无绝时。
呜呼！
君不见西山衔木众鸟多，
鹊来燕去自成窠。

尔：指精卫。

终古：永远。

沈：同“沉”。

鹊、燕：比喻无远见、大志，只关心个人利益的人。

别云间

夏完淳

三年羁旅客，今日又南冠。
无限河山泪，谁言天地宽！
已知泉路近，欲别故乡难。
毅魄归来日，灵旗空际看。

云间：古地名，今上海松江，作者的家乡。

羁旅客：漂泊在外地的人，这里指作者自己。

南冠：本指楚国人的帽子，后来借指囚犯。

毅魄：魂魄。

舟夜书所见

查慎行

月黑见渔灯，孤光一点萤。

微微风簇浪，散作满河星。

孤光：孤零零的灯光。

簇：拥起。

潍县署中画竹呈年伯包大中丞括

郑燮

衙斋卧听萧萧竹，疑是民间疾苦声。

些小吾曹州县吏，一枝一叶总关情。

郑燮（xiè）：清代诗人、画家。

年伯：科举时代同年考中者的父亲及伯叔。

包大中丞括：包括，时任山东布政使，署理巡抚。清代巡抚又称中丞。大，尊敬。

衙斋：官署的书房。

萧萧：竹子摇晃发出的声音。

些小：小小。

吾曹：我辈。

竹　石

郑燮

咬定青山不放松，立根原在破岩中。

千磨万击还坚劲，任尔东西南北风。

竹石：这是一首题咏竹石图之作。

劲：坚硬。

尔：你。

论　诗（五首选一）

赵翼

李杜诗篇万口传，至今已觉不新鲜。

江山代有才人出，各领风骚数百年。

李杜：李白和杜甫。

代：世代。

苔

袁枚

白日不到处，青春恰自来。
苔花如米小，也学牡丹开。

白日：阳光。

所　见

袁枚

牧童骑黄牛，歌声振林樾。
意欲捕鸣蝉，忽然闭口立。

振：振荡、回荡。
林樾（yuè）：指道旁成荫的树。
捕：捉。
鸣：叫。

村　居

高鼎

草长莺飞二月天，拂堤杨柳醉春烟。
儿童散学归来早，忙趁东风放纸鸢。

拂（fú）堤：杨柳的枝条低垂，像是抚摸着堤岸。
春烟：春天水泽、草木间蒸发的雾气。
纸鸢（yuān）：风筝。

己亥杂诗二首

龚自珍

九州生气恃风雷，万马齐喑究可哀！
我劝天公重抖擞，不拘一格降人才。

九州：指中国。
生气：生机。
恃（shì）：依靠。
风雷：指社会变革力量。
喑（yīn）：哑。
天公：指最高统治者皇帝。

浩荡离愁白日斜，吟鞭东指即天涯。
落红不是无情物，化作春泥更护花。

吟鞭：指诗人的马鞭。
落红：落花。此处喻指辞官后的诗人。

经典词曲选篇

渔歌子

张志和

西塞山前白鹭飞，
桃花流水鳜鱼肥。
青箬笠，
绿蓑衣，
斜风细雨不须归。

西塞山：在今浙江湖州西。
白鹭(lù)：即鹭鸶。
鳜(guì)鱼：一种口大鳞细的鱼，味道鲜美。
箬笠(ruò lì)：用竹篾制成的斗笠。
蓑(suō)衣：用一种茅草或棕毛编成的雨披。

忆江南（三首选一）

白居易

江南好，
风景旧曾谙。
日出江花红胜火，
春来江水绿如蓝。
能不忆江南？

谙(ān)：熟悉。
蓝：草名，可以染色。

忆江南

温庭筠

梳洗罢，
独倚望江楼。
过尽千帆皆不是，
斜晖脉脉水悠悠。
肠断白蘋洲。

千帆：上千只帆船。
斜晖：日落前的日光。
白蘋(pín)：水中浮草。古时男女常采蘋花赠别。
洲：水边陆地。

菩萨蛮

温庭筠

小山重叠金明灭，
鬓云欲度香腮雪。
懒起画蛾眉，
弄妆梳洗迟。

照花前后镜，
花面交相映。
新帖绣罗襦，
双双金鹧鸪。

小山：眉妆的名目，指小山眉，弯弯的眉毛。

金：指唐时妇女眉际妆饰之“额黄”。

明灭：忽明忽暗。

欲度：似掩未掩的样子。

香腮雪：雪白的面颊。

蛾眉：眉毛细长弯曲像蚕蛾的触须。

罗襦（rú）：丝绸短袄。

金鹧鸪（zhè gū）：贴绣的鹧鸪图。

虞美人

李煜

春花秋月何时了？
往事知多少。
小楼昨夜又东风，
故国不堪回首月明中。

雕栏玉砌应犹在，
只是朱颜改。
问君能有几多愁？
恰似一江春水向东流。

了：完结。

往事：指作者过去寻欢作乐的宫廷生活。

小楼：指作者被俘汴京后的住所。

又东风：指又到了春天。

雕栏玉砌：指南唐故都的宫廷建筑。

朱颜改：指作者韶华已逝，面色已不再红润。

君：这里指作者自问。

乌夜啼

李煜

无言独上西楼，
月如钩。
寂寞梧桐深院锁清秋。

剪不断，
理还乱，
是离愁。
别是一般滋味在心头。

剪不断：指离愁如丝般千头万绪，无法剪断。

理还乱：指乱丝可以理顺，而离愁却越理越乱。

浪淘沙

李煜

帘外雨潺潺，
春意阑珊。
罗衾不耐五更寒。
梦里不知身是客，
一晌贪欢。

独自莫凭栏，
无限江山，
别时容易见时难。
流水落花春去也，
天上人间。

潺潺（chán）：形容雨声。

阑珊（lán shān）：衰残。

罗衾（qīn）：丝绸被子。

身是客：指被拘汴京，形同囚徒。

一晌（shǎng）：一时。

贪欢：贪恋梦境中的欢乐。

凭栏：靠着栏杆。

江山：指南唐河山。

苏幕遮·怀旧

范仲淹

碧云天，
黄叶地，
秋色连波，
波上寒烟翠。
山映斜阳天接水，
芳草无情，
更在斜阳外。

黯乡魂，
追旅思，
夜夜除非，
好梦留人睡。
明月楼高休独倚。
酒入愁肠，
化作相思泪。

黯（àn）乡魂：因思念家乡而黯然伤神。

追旅思：撇不开旅居在外的愁思。

好梦留人睡：只有梦中能得到安慰。

渔家傲

范仲淹

塞下秋来风景异，
衡阳雁去无留意。
四面边声连角起。
千嶂里，
长烟落日孤城闭。

浊酒一杯家万里，
燕然未勒归无计。
羌管悠悠霜满地。
人不寐，
将军白发征夫泪。

塞下：指西北边塞。
衡阳雁：指南方之雁。
边声：泛指边疆的马嘶声、笛声连着军旅号角声。
千嶂（zhàng）：像屏障一样的山峰。

燕然：即燕然山。
羌管：当时羌族的笛子。
悠悠：形容笛声悠扬。
寐（mèi）：睡着。

浣溪沙

晏殊

一曲新词酒一杯，
去年天气旧亭台。
夕阳西下几时回？

无可奈何花落去，
似曾相识燕归来。
小园香径独徘徊。

新词：刚填好的词，此处指新歌。
旧亭台：曾经去过的亭台。

燕归来：燕子从南方飞回。
香径：满是落花的小路。
徘徊：来回地走来走去。

雨霖铃

柳永

寒蝉凄切，
对长亭晚，
骤雨初歇。
都门帐饮无绪，
留恋处、兰舟催发。
执手相看泪眼，
竟无语凝噎。
念去去、千里烟波，
暮霭沉沉楚天阔。

多情自古伤离别，
更那堪冷落清秋节！
今宵酒醒何处？
杨柳岸、晓风残月。
此去经年，
应是良辰好景虚设。
便纵有千种风情，
更与何人说？

长亭：古驿路十里设一长亭，供人休息，故多为送别之地。
都门：指京城汴京。
帐饮：饯别饮酒。
兰舟：木兰树所制的船。
凝噎（níng yē）：喉咙哽塞，欲语不出。
去去：宋代口语，表示行程之远。
暮霭（ǎi）：傍晚的云雾。
更那堪：更何况又逢。
经年：经过一年或多年。
纵：即使。
风情：此处指恋情。

望海潮

柳永

东南形胜，
三吴都会，
钱塘自古繁华。
烟柳画桥，
风帘翠幕，
参差十万人家。
云树绕堤沙，
怒涛卷霜雪，
天堑无涯。
市列珠玑，
户盈罗绮，
竞豪奢。

重湖叠巘清嘉，
有三秋桂子，
十里荷花。
羌管弄晴，
菱歌泛夜，
嬉嬉钓叟莲娃。
千骑拥高牙。
乘醉听箫鼓，
吟赏烟霞。
异日图将好景，
归去凤池夸。

三吴：杭州旧属吴国。古代称吴兴郡、吴郡、会稽郡为“三吴”。

翠幕：青绿色的帷幕。
参差：高低不齐的样子。
云树：树木如云，极言其多。
怒涛卷霜雪：汹涌的潮水冲过来，浪花像霜雪在滚动。

天堑：天然的壕沟。

珠玑(jī)：泛指各类珍宝。
罗绮(qǐ)：绫罗绸缎。

重湖：西湖以白堤为界，分为外西湖和里西湖。
叠巘(yǎn)：重叠的山峰。
清嘉：秀丽。
羌管：古代羌族的笛子。
弄：吹。
钓叟：指钓鱼老人。
莲娃：指采莲姑娘。
高牙：军前高举的牙旗，也指居高位者的仪仗。

图将：画就。
凤池：凤凰池。此处指朝廷。

木兰花·乙卯吴兴寒食

张先

龙头舴艋吴儿竞，
笋柱秋千游女并。
芳洲拾翠暮忘归，
秀野踏青来不定。

行云去后遥山暝，
已放笙歌池院静。
中庭月色正清明，
无数杨花过无影。

乙卯：指宋神宗熙宁八年，即公元1075年。

吴兴：即今浙江湖州。

寒食：即寒食节。

舴艋（zé měng）：形状如蚱蜢的小船。

笋柱：竹竿做的柱子。

拾翠：采拾翠鸟的羽毛为首饰。多指妇女春游。

来不定：指往来不绝。

行云：指如云的游女。

放：停止。

生查子·元夕

欧阳修

去年元夜时，
花市灯如昼。
月上柳梢头，
人约黄昏后。

今年元夜时，
月与灯依旧。
不见去年人，
泪湿春衫袖。

元夕：即元宵节、上元节。

花：花灯。此处指街市上花灯照耀，如同白昼。

春衫：春天穿的衣裳。

蝶恋花

欧阳修

庭院深深深几许？
杨柳堆烟，
帘幕无重数。
玉勒雕鞍游冶处，
楼高不见章台路。

雨横风狂三月暮。
门掩黄昏，
无计留春住。
泪眼问花花不语，
乱红飞过秋千去。

堆烟：形容杨柳浓密。

玉勒：玉制的马衔。
雕鞍：精雕的马鞍。
游冶处：指歌楼妓院。
章台路：汉代长安有章台街，歌妓聚居地。后来代指歌妓聚居的花街柳巷。

乱红：凌乱的落花。

桂枝香·金陵怀古

王安石

登临送目，
正故国晚秋，
天气初肃。
千里澄江似练，
翠峰如簇。
归帆去棹残阳里，
背西风、酒旗斜矗。
彩舟云淡，
星河鹭起，

登临送目：登山临水，举目望远。
故国：旧时的都城，指金陵。

澄江：清澈的长江。
练：白色的绢。
簇：丛聚。
棹（zhào）：划船的一种工具，形似桨，这里指船。

画图难足。

念往昔、繁华竞逐。
叹门外楼头，
悲恨相续。
千古凭高，
对此谩嗟荣辱。
六朝旧事随流水，
但寒烟、芳草凝绿。
至今商女，
时时犹唱，后庭遗曲。

画图难足：用图画难以完美表现。
竞逐：竞相仿效追逐。
凭高：登高。
谩嗟：空叹。
商女：歌女。
后庭遗曲：指歌曲《玉树后庭花》。

江城子·乙卯正月二十日记梦

苏轼

十年生死两茫茫。
不思量，自难忘。
千里孤坟，
无处话凄凉。
纵使相逢应不识，
尘满面，鬓如霜。

夜来幽梦忽还乡。
小轩窗，正梳妆。
相顾无言，
惟有泪千行。
料得年年肠断处，
明月夜，短松冈。

乙卯：公元1075年，即北宋神宗熙宁八年。
十年：指作者结发妻子去世已十年。
思量：想念。
幽梦：梦境隐约，故云幽梦。
小轩窗：指小室的窗前。
短松冈：苏轼葬妻之地。

念奴娇·赤壁怀古

苏轼

大江东去，
浪淘尽，
千古风流人物。
故垒西边，
人道是，
三国周郎赤壁。
乱石穿空，
惊涛拍岸，
卷起千堆雪。
江山如画，
一时多少豪杰。

遥想公瑾当年，
小乔初嫁了，
雄姿英发。
羽扇纶巾，
谈笑间，
樯橹灰飞烟灭。
故国神游，
多情应笑我，
早生华发。
人生如梦，
一樽还酹江月。

赤壁：今湖北蒲圻的长江边，三国时周瑜击败曹操大军之地。

风流人物：杰出的人物。

故垒：古老的营垒。

周郎：指周瑜。

千堆雪：这里比喻浪花。

公瑾：指周瑜。

小乔：乔玄的小女儿，嫁给了周瑜。

纶（guān）巾：青丝帛的头巾。古代儒将的装束。

樯橹（qiáng lǔ）：指曹操的水军。

故国：旧国，这里指赤壁古战场。

多情应笑我：应笑我多情。

一樽（zūn）：一杯酒。

酹（lèi）：用酒洒地祭奠。

水调歌头

苏轼

丙辰中秋，欢饮达旦，大醉，作此篇，兼怀子由。

明月几时有？
把酒问青天。
不知天上宫阙，
今夕是何年？
我欲乘风归去，
又恐琼楼玉宇，
高处不胜寒。
起舞弄清影，
何似在人间！

转朱阁，
低绮户，
照无眠。
不应有恨，
何事长向别时圆？
人有悲欢离合，
月有阴晴圆缺，
此事古难全。
但愿人长久，
千里共婵娟。

丙辰中秋：公元1076年，即宋神宗熙宁九年中秋。

子由：作者之弟苏辙。

天上宫阙（què）：指月宫。

琼楼玉宇：想象月宫中晶莹瑰丽的楼台殿阁。

不胜：经受不住。

弄清影：指月光下的身影跟着做出各种舞姿。

何似：何如，哪里比得上。

低绮（qǐ）户：低挂在雕花门窗上。

照无眠：照着没有睡意的人。

婵娟：月亮里的嫦娥，这里代指明月。

江城子·密州出猎

苏轼

老夫聊发少年狂，
左牵黄，
右擎苍，
锦帽貂裘，
千骑卷平冈。
为报倾城随太守，
亲射虎，
看孙郎。

酒酣胸胆尚开张，
鬓微霜，
又何妨！
持节云中，
何日遣冯唐？
会挽雕弓如满月，
西北望，
射天狼。

密州：今山东诸城。

狂：豪情。

黄：指猎狗。

苍：苍鹰，指猎鹰。

千骑卷平冈：形容马多尘土飞扬，把山冈像卷席子一般掠过。

太守：指作者自己。

孙郎：指三国孙权，曾亲手猎获猛虎。这里作者自许。

尚：更。

节：兵符，用于传达命令。

云中：汉时郡名。

冯唐：西汉大臣冯唐曾为蒙冤的云中太守魏尚申辩，这里指被贬的苏轼期望冯唐式的人物为他申言。

天狼：指天狼星，隐喻西北的军事强国西夏。

浣溪沙·游蕲水清泉寺

苏轼

游蕲水清泉寺，寺临兰溪，溪水西流。

山下兰芽短浸溪，
松间沙路净无泥，
萧萧暮雨子规啼。

谁道人生无再少？
门前流水尚能西！
休将白发唱黄鸡。

蕲（qí）水：在今湖北浠水。

浸：泡在水中。

萧萧：形容雨声。

子规：杜鹃，又叫布谷。

无再少（shào）：不能回到少年时代。

唱黄鸡：感慨时光的流逝。

卜算子·我住长江头

李之仪

我住长江头，
君住长江尾。
日日思君不见君，
共饮长江水。

此水几时休？
此恨何时已？
只愿君心似我心，
定不负相思意。

长江头：长江的上游。

长江尾：长江的下游。

休：停，引申为干涸。

已：终结、停止。

定：此处为衬字。

鹊桥仙·纤云弄巧

秦观

纤云弄巧，
飞星传恨，
银汉迢迢暗度。
金风玉露一相逢，
便胜却人间无数。

柔情似水，
佳期如梦，
忍顾鹊桥归路。
两情若是久长时，
又岂在朝朝暮暮。

纤云：轻盈的云彩。

弄巧：指云彩在空中幻化成各种巧妙的花样。

飞星传恨：流星飞越银河，为牛郎织女传送离恨。

暗度：悄悄渡过。

金风玉露：指秋风白露。

忍顾：怎忍回视。

朝朝暮暮：指朝夕相聚。

青玉案·凌波不过横塘路

贺铸

凌波不过横塘路，
但目送、芳尘去。
锦瑟华年谁与度？
月桥花院，
琐窗朱户，
只有春知处。

碧云冉冉蘅皋暮，
彩笔新题断肠句。
试问闲愁都几许？

凌波：形容女子步态轻盈。

横塘：地名，在今江苏苏州西南。

芳尘：女子行走带起的微尘，此处指美人踪影。

琐窗：雕刻着连锁纹的窗。

朱户：指官宦人家。

冉冉：流动的样子。

蘅皋（héng gāo）：生长杜蘅的水边高地。杜蘅，一种香草。

一川烟草，
满城风絮，
梅子黄时雨。

苏幕遮

周邦彦

燎沈香，
消溽暑。
鸟雀呼晴，
侵晓窥檐语。
叶上初阳干宿雨，
水面清圆，
一一风荷举。

故乡遥，
何日去。
家住吴门，
久作长安旅。
五月渔郎相忆否？
小楫轻舟，
梦入芙蓉浦。

沈香：沉香，一种名贵香料，其木材置水中则下沉。

溽（rù）暑：潮湿的暑气。

侵晓：快天亮的时候。

窥檐语：指鸟儿东张西望地在屋檐下的“言语”。

宿雨：夜里下的雨。

一一风荷举：每一片荷叶都挺出水面。

吴门：此处泛指江南一带。

长安：此处借指汴京，今河南开封。

楫：划船的短桨。

芙蓉浦：有荷花的水边。

如梦令·昨夜雨疏风骤

李清照

昨夜雨疏风骤，
浓睡不消残酒。
试问卷帘人，
却道海棠依旧。
知否？知否？
应是绿肥红瘦。

疏：指稀疏。
浓睡：酣睡。
残酒：残存的酒意。
卷帘人：此处指卷帘的侍女。

绿肥红瘦：绿叶繁茂，红花凋零。

一剪梅·红藕香残玉簟秋

李清照

红藕香残玉簟秋。
轻解罗裳，
独上兰舟。
云中谁寄锦书来，
雁字回时，
月满西楼。

花自飘零水自流。
一种相思，
两处闲愁。
此情无计可消除，
才下眉头，
却上心头。

红藕：红色的荷花。
玉簟（diàn）：光滑如玉的竹席。

兰舟：兰木舟，舟的美称。
锦书：指书信。

雁字：雁飞成行，有似“一”字或“人”字。

一种相思，两处闲愁：一种离别相思，牵动起两处闲愁。

醉花阴·薄雾浓云愁永昼

李清照

薄雾浓云愁永昼，
瑞脑销金兽。
佳节又重阳，
玉枕纱厨，
半夜凉初透。

东篱把酒黄昏后，
有暗香盈袖。
莫道不销魂，
帘卷西风，
人比黄花瘦。

瑞脑：一种熏香名，又称瑞龙脑。

金兽：兽形的铜香炉。

纱厨：防蚊蝇的纱帐。

东篱：泛指采菊之地。

暗香：这里指菊花的幽香。

销魂：极度忧愁、悲伤。

西风：秋风。

黄花：指菊花。

武陵春·春晚

李清照

风住尘香花已尽，
日晚倦梳头。
物是人非事事休，
欲语泪先流。

闻说双溪春尚好，
也拟泛轻舟。
只恐双溪舴艋舟，
载不动许多愁。

尘香：落花变为尘土，尘土带有香味。

双溪：水名，在今浙江金华东南。

拟：打算、想要。

舴艋（zé měng）舟：形如蚱蜢的小船。

声声慢·寻寻觅觅

李清照

寻寻觅觅，
冷冷清清，
凄凄惨惨戚戚。
乍暖还寒时候，
最难将息。
三杯两盏淡酒，
怎敌他晚来风急？
雁过也，
正伤心，
却是旧时相识。

满地黄花堆积，
憔悴损，
如今有谁堪摘？
守著窗儿，
独自怎生得黑！
梧桐更兼细雨，
到黄昏，
点点滴滴。
这次第，
怎一个愁字了得！

戚戚：忧愁的样子。

乍暖还(huán)寒：指秋天的天气忽暖忽寒。

将息：休养调理。

怎敌他：对付，抵挡。

损：指菊花枯萎凋损。

堪：可。

著：同“着”。

怎生得黑：如何熬到天黑。

这次第：这光景、这情形。

渔家傲·天接云涛连晓雾

李清照

天接云涛连晓雾，
星河欲转千帆舞。
仿佛梦魂归帝所，
闻天语，
殷勤问我归何处。

我报路长嗟日暮，
学诗谩有惊人句。
九万里风鹏正举，
风休住，
蓬舟吹取三山去。

云涛：云彩铺在天空里像起伏的波浪一样。
转：指拂晓前天河西移。
帝所：天帝住的宫殿。
天语：天帝的话语。

嗟(jiē)：悲叹。
谩有：空有。
鹏正举：大鹏鸟正飞上天。
休住：不要停止。
蓬舟：像蓬蒿被风轻快吹转的船。
吹取：吹向。
三山：指神话中的蓬莱、方丈、瀛洲三座仙山。

如梦令·常记溪亭日暮

李清照

常记溪亭日暮，
沉醉不知归路。
兴尽晚回舟，
误入藕花深处。
争渡，争渡，
惊起一滩鸥鹭。

常记：时常想起。
溪亭：临水的亭台。
兴尽：尽了兴致。
回舟：乘船而回。
争渡：同“怎渡”，怎么才能划出去。
一滩：一群。
鸥鹭：这里泛指水鸟。

贺新郎·送胡邦衡待制赴新州

张元幹

梦绕神州路。
怅秋风、连营画角，
故宫离黍。
底事昆仑倾砥柱，
九地黄流乱注，
聚万落千村狐兔。
天意从来高难问，
况人情、老易悲难诉。
更南浦，
送君去。

凉生岸柳催残暑。
耿斜河，疏星淡月，
断云微度。
万里江山知何处？
回首对床夜语。
雁不到，书成谁与？
目尽青天怀今古，
肯儿曹、恩怨相尔汝？
举大白，听《金缕》。

胡邦衡：胡铨，字邦衡，高宗时任枢密院编修官。

神州：此处指被金兵占领的中原。

画角：号角。

故宫：北宋首都汴京，今河南开封。

离黍：长满了庄稼。

底事：何事。

昆仑：昆仑山，此处喻指北宋王朝。

砥柱：指砥柱山，位于黄河之中。

九地：遍地。

黄流：黄河水，这里指金兵。

狐兔：指金兵。

耿：明亮。

斜河：银河倾斜，表示夜已渐深。

大白：酒杯。

金缕：指《金缕曲》，即《贺新郎》词牌的别名。

满江红·写怀

岳飞

怒发冲冠，
凭栏处，潇潇雨歇。
抬望眼，
仰天长啸，
壮怀激烈。
三十功名尘与土，
八千里路云和月。
莫等闲，白了少年头，
空悲切。

靖康耻，
犹未雪。
臣子恨，
何时灭？
驾长车踏破，贺兰山缺。
壮志饥餐胡虏肉，
笑谈渴饮匈奴血。
待从头、收拾旧山河，
朝天阙。

怒发冲冠：气得头发竖起，将帽子顶起。

潇潇：形容雨势急骤。

等闲：轻易，随便。

靖康耻：公元1127年，即宋钦宗靖康二年，金兵攻陷汴京，掳走徽、钦二帝。

贺兰山：在今宁夏境内。此处指敌占区。

胡虏：对金兵的蔑称。

匈奴：代指金国。

朝天阙：朝见皇帝。

念奴娇·过洞庭

张孝祥

洞庭青草，
近中秋，
更无一点风色。
玉鉴琼田三万顷，
着我扁舟一叶。
素月分辉，
明河共影，
表里俱澄澈。
悠然心会，
妙处难与君说。

应念岭海经年，
孤光自照，
肝胆皆冰雪。
短发萧疏襟袖冷，
稳泛沧浪空阔。
尽吸西江，
细斟北斗，
万象为宾客。
扣舷独啸，
不知今夕何夕。

风色：风势。
琼：美玉。
着：附着。

素月：洁白的月亮。
明河：天河、银河。

岭海：岭外，即五岭以南的广东与广西。
孤光：指月光。
冰雪：比喻心地像冰雪般纯洁高尚。
萧疏：稀疏。
襟袖冷：形容衣衫单薄。
西江：因长江中上游在洞庭湖以西而称西江。

扣：敲击。

钗头凤·红酥手

陆游

红酥手，
黄滕酒，
满城春色宫墙柳。
东风恶，
欢情薄，
一怀愁绪，
几年离索。
错，错，错！

春如旧，
人空瘦，
泪痕红浥鲛绡透。
桃花落，
闲池阁。
山盟虽在，
锦书难托。
莫，莫，莫！

红酥手：红润而白嫩的手。

黄滕酒：即黄封酒，以黄纸封口的官酿酒。

宫墙：南宋以绍兴为陪都，因此有宫墙。

东风：即春风。

离索：离散，分居。

浥（yì）：湿润。

鲛绡（jiāo xiāo）：丝绸制成的手帕。

山盟：指爱情誓言。

锦书难托：指书信难寄。

莫：犹"罢"。

诉衷情·当年万里觅封侯

陆游

当年万里觅封侯，
匹马戍梁州。
关河梦断何处，
尘暗旧貂裘。

胡未灭，
鬓先秋，
泪空流。
此生谁料，
心在天山，
身老沧洲。

梁州：在今陕西汉中一带，因梁山得名。

关河：关塞、河防，这里指边疆。

秋：秋霜。

天山：在今新疆境内，这里指抗金前线。

沧洲：这里指作者位于镜湖之滨的家乡。

卜算子·咏梅

陆游

驿外断桥边，
寂寞开无主。
已是黄昏独自愁，
更着风和雨。

无意苦争春，
一任群芳妒。
零落成泥碾作尘，
只有香如故。

驿：古代大路边的交通站。

更着：又加上，又遭到。

争春：与百花在春风中争芳斗艳。

群芳：百花。

niǎn
碾：碾碎，被车轮轧碎。

作尘：变成尘土。

菩萨蛮·书江西造口壁

辛弃疾

郁孤台下清江水，
中间多少行人泪。
西北望长安，
可怜无数山。

青山遮不住，
毕竟东流去。
江晚正愁余，
山深闻鹧鸪。

造口：在今江西万安西南。
郁孤台：在今江西赣州西南。
清江：指赣江和袁江合流处。
行人：指那些被金兵追杀、逃难的人。
长安：此处指北宋都城汴京。
愁余：使我愁苦、担忧。
鹧鸪（zhè gū）：鸟名，其叫声凄苦。

青玉案·元夕

辛弃疾

东风夜放花千树，
更吹落、星如雨。
宝马雕车香满路。
凤箫声动，
玉壶光转，
一夜鱼龙舞。

蛾儿雪柳黄金缕，
笑语盈盈暗香去。
众里寻他千百度，
蓦然回首，
那人却在，
灯火阑珊处。

元夕：即元宵节。
星如雨：形容花灯繁多闪烁。
凤箫：箫的美称。
玉壶：指月亮。
鱼龙舞：指鱼灯、龙灯之类。
蛾儿、雪柳、黄金缕：都是妇女头上插戴的饰品。
千百度：千百次。
阑珊：零落。

清平乐·村居

辛弃疾

茅檐低小，
溪上青青草。
醉里吴音相媚好，
白发谁家翁媪。

大儿锄豆溪东，
中儿正织鸡笼。
最喜小儿无赖，
溪头卧剥莲蓬。

茅檐（yán）：茅屋的屋檐。

吴音：吴地的方言。

相媚好：这里指互相逗趣。

媪（ǎo）：古代对老妇的敬称。

锄豆：锄掉豆田里的草。

卧：趴。

破阵子·为陈同甫赋壮词以寄之

辛弃疾

醉里挑灯看剑，
梦回吹角连营。
八百里分麾下炙，
五十弦翻塞外声。
沙场秋点兵。

马作的卢飞快，
弓如霹雳弦惊。
了却君王天下事，
赢得生前身后名。
可怜白发生！

陈同甫：即作者好友陈亮。

麾（huī）下：指部下。麾，军旗。

炙（zhì）：烤肉。

五十弦：原指瑟，此处泛指乐器。

点兵：检阅军队。

作：像，如。

的卢：一种烈性的快马。

天下事：此指收复中原之事。

西江月·夜行黄沙道中

辛弃疾

明月别枝惊鹊，
清风半夜鸣蝉。
稻花香里说丰年，
听取蛙声一片。

七八个星天外，
两三点雨山前。
旧时茅店社林边，
路转溪头忽见。

黄沙：黄沙岭，在今江西上饶西。

别枝惊鹊：惊动喜鹊飞离了树枝。

茅店：茅草盖的乡村客店。

社林：土地庙附近的树林。

见：同“现”，显现。

鹧鸪天·陌上柔桑破嫩芽

辛弃疾

陌上柔桑破嫩芽，
东邻蚕种已生些。
平冈细草鸣黄犊，
斜日寒林点暮鸦。

山远近，
路横斜，
青旗沽酒有人家。
城中桃李愁风雨，
春在溪头荠菜花。

鹧鸪（zhè gū）天：小令词调，双片共55字。

冈：平坦的小山坡。

黄犊（dú）：小黄牛。

沽酒：卖酒。

荠（jì）菜：一种草本植物，花白色，茎叶嫩时可吃。

南乡子·登京口北固亭有怀

辛弃疾

何处望神州？
满眼风光北固楼。
千古兴亡多少事？
悠悠，
不尽长江滚滚流。

年少万兜鍪，
坐断东南战未休。
天下英雄谁敌手？
曹刘，
生子当如孙仲谋。

京口：在今江苏镇江。

望：眺望。
神州：这里指中原地区。

悠悠：连绵不尽的样子。

万兜鍪(dōu móu)：指千军万马。兜鍪，头盔，这里指士兵。
坐断：占据，割据。
敌手：能力相当的对手。

曹刘：指曹操、刘备。

丑奴儿·书博山道中壁

辛弃疾

少年不识愁滋味，
爱上层楼。
爱上层楼，
为赋新词强说愁。

而今识尽愁滋味，
欲说还休。
欲说还休，
却道天凉好个秋。

博山：在今江西广丰西南。
不识：不懂，不知道。
层楼：指高楼。
赋：写、作。
强(qiǎng)说：硬要说。

识尽：尝够，深深懂得。

休：停止。

永遇乐·京口北固亭怀古

辛弃疾

千古江山，
英雄无觅，
孙仲谋处。
舞榭歌台，
风流总被，
雨打风吹去。
斜阳草树，
寻常巷陌，
人道寄奴曾住。
想当年，
金戈铁马，
气吞万里如虎。

元嘉草草，
封狼居胥，
赢得仓皇北顾。
四十三年，
望中犹记，
烽火扬州路。
可堪回首，
佛狸祠下，
一片神鸦社鼓。
凭谁问：
廉颇老矣，
尚能饭否？

孙仲谋：孙权，字仲谋，建立吴国，定都建康。

舞榭歌台：歌舞的楼台。

寄奴：南朝宋武帝刘裕的小名。

草草：马马虎虎。

封：祭天。

狼居胥（xū）：山名，在今内蒙古自治区中部。

佛（bì）狸：北魏太武帝拓跋焘的小名。

神鸦：啄食祭品的乌鸦。

社鼓：祠庙里祭祀用的鼓。

姜夔（kuí）：南宋文学家、音乐家。

淳熙丙申至日：公元1176年，即宋孝宗淳熙三年冬至日。

维扬：扬州。

荠（jì）麦：野生的麦子。

戍角：军营的号角。

千岩老人：南宋诗人萧德藻，作者是他的侄女婿。

黍离：《诗经·王风》篇名。

淮左名都：这里指扬州。

竹西：竹西亭，位于扬州城东禅智寺旁。

春风十里：指曾经繁华的扬州街道。

胡马窥江：指金兵两次南侵，占领扬州等地。

杜郎：指唐代诗人杜牧。

二十四桥：桥名，旧址在今江苏扬州西郊。

红药：即芍药花。

扬州慢·淮左名都

姜夔

淳熙丙申至日，予过维扬。夜雪初霁，荠麦弥望。入其城，则四顾萧条，寒水自碧；暮色渐起，戍角悲吟。予怀怆然，感慨今昔，因自度此曲。千岩老人以为有黍离之悲也。

淮左名都，
竹西佳处，
解鞍少驻初程。
过春风十里，
尽荠麦青青。
自胡马窥江去后，
废池乔木，
犹厌言兵。
渐黄昏、清角吹寒，
都在空城。

杜郎俊赏，
算而今、重到须惊。
纵豆蔻词工，
青楼梦好，
难赋深情。
二十四桥仍在，
波心荡、冷月无声。
念桥边红药，
年年知为谁生？

贺新郎·国脉微如缕

刘克庄

国脉微如缕。
问长缨何时入手，
缚将戎主？
未必人间无好汉，
谁与宽些尺度？
试看取当年韩五。
岂有谷城公付授，
也不干曾遇骊山母。
谈笑起，两河路。

少时棋柝曾联句。
叹而今登楼揽镜，
事机频误。
闻说北风吹面急，
边上冲梯屡舞。
君莫道投鞭虚语，
自古一贤能制难，
有金汤便可无张许？
快投笔，莫题柱。

国脉：国家的命脉。

长缨：指捕缚敌人的长绳。

缚将戎主：擒缚敌方首领。

韩五：指韩世忠，其在兄弟中排行第五。

谷城公付授：指张良遇谷城公传授《太公兵法》。

曾遇骊山母：指唐将李筌得骊山老母讲解《阴符经》。

棋柝曾联句：此指曾雄心壮志、心怀家国。

北风吹面急：指北面蒙古骑兵来势汹汹。

边上：边地，边塞。

投鞭虚语：指空想而不以身抗敌。

金汤：指坚固的防御工事。

张许：指张巡、许远，他们安史之乱时坚守睢阳。

虞美人·听雨

蒋捷

少年听雨歌楼上，
红烛昏罗帐。
壮年听雨客舟中，
江阔云低、断雁叫西风。

而今听雨僧庐下，
鬓已星星也。
悲欢离合总无情，
一任阶前、点滴到天明。

昏：指烛光昏暗。

断雁：离群的孤雁。

僧庐：佛舍。

星星：形容鬓发花白。

摸鱼儿·雁丘词

元好问

泰和五年乙丑岁，赴试并州，道逢捕雁者云："今且获一雁，杀之矣。其脱网者悲鸣不能去，竟自投于地而死。"予因买得之，葬之汾水之上，垒石为识，号曰"雁丘"。时同行者多为赋诗，予亦有《雁丘词》。旧所作无宫商，今改定之。

泰和：金章宗年号。泰和五年即公元1205年。

无宫商：不协音律。

问世间，
情是何物？
直教生死相许。
天南地北双飞客，
老翅几回寒暑。
欢乐趣，
离别苦，
就中更有痴儿女。
君应有语：
渺万里层云，
千山暮雪，
只影向谁去？

横汾路，
寂寞当年箫鼓。
荒烟依旧平楚。
招魂楚些何嗟及，
山鬼暗啼风雨。
天也妒，
未信与，
莺儿燕子俱黄土。
千秋万古，
为留待骚人，
狂歌痛饮，
来访雁丘处。

直教：竟使。
许：随从。
双飞客：指大雁双宿双飞，秋去春来。
就中：其中，指群雁之中。
君：此指孤雁。
万里、千山：指路程遥远。
层云、暮雪：暗指前景凄凉。
只影：指雁失伴侣的孤单。
横汾路：即横渡汾水之路，指作者当时所在之地。
当年箫鼓：借用汉武帝《秋风辞》中的典故。
平楚：平林丛木。
招魂：《楚辞》中的篇名。
山鬼：《楚辞·九歌》篇名。
未信：不相信。
骚人：指诗人或文人墨客。

长亭送别

王实甫

〔正宫·端正好〕

碧云天，
黄花地，
西风紧，
北雁南飞。
晓来谁染霜林醉？
总是离人泪。

《长亭送别》：节选自《西厢记》中第四本第三折。

黄花：指菊花。
紧：猛烈。

晓来：清晨。
霜林：深秋的枫林经霜变红。

朝天子·咏喇叭

王磐

喇叭，唢呐，
曲儿小腔儿大。
官船来往乱如麻，
全仗你抬声价。
军听了军愁，
民听了民怕。
哪里去辨甚么真共假？
眼见的吹翻了这家，
吹伤了那家，
只吹的水尽鹅飞罢！

喇叭、唢呐：管乐器。
曲儿小：曲子很短。
腔儿大：声音很响。
乱如麻：形容来往频繁。
仗：倚仗，凭借。
你：指喇叭、唢呐。

共：和。
翻：使人倾家荡产。

水尽鹅飞罢：比喻民穷财尽，家破人亡。

天净沙·秋思

马致远

枯藤老树昏鸦，
小桥流水人家，
古道西风瘦马。
夕阳西下，
断肠人在天涯。

昏鸦：黄昏时归巢的乌鸦。

人家：农家。

古道：古老废弃不堪的驿道。

西风：寒冷、萧瑟的秋风。

断肠人：形容悲痛欲绝的人。

山坡羊·潼关怀古

张养浩

峰峦如聚，
波涛如怒，
山河表里潼关路。
望西都，
意踌躇。
伤心秦汉经行处，
宫阙万间都做了土。
兴，百姓苦！
亡，百姓苦！

峰峦如聚：指潼关一带山峰连绵，好像凑聚在一起。

山河表里：指潼关内有华山，外有黄河。

西都：即长安。

踌躇：本指犹豫不决，徘徊不前。这里指反复思索。

经行：本为佛家用语。这里借指帝王经国、起居、玩乐之地。

临江仙·滚滚长江东逝水

杨慎

滚滚长江东逝水，
浪花淘尽英雄。
是非成败转头空，
青山依旧在，
几度夕阳红。

白发渔樵江渚上，
惯看秋月春风。
一壶浊酒喜相逢。
古今多少事，
都付笑谈中。

转头：转眼之间，形容时间很快。

渔樵(qiáo)：渔夫和樵夫。此处指隐居不问世事的人。

渚(zhǔ)：水中的小洲。

付：交。

长相思·山一程

纳兰性德

山一程，
水一程，
身向榆关那畔行。
夜深千帐灯。

风一更，
雪一更，
聒碎乡心梦不成。
故园无此声。

榆(yú)关：今山海关。

那畔：那边，指关外。

帐：军营的帐篷。

聒(guō)：声音嘈杂，此指风雪声。

乡心：思乡的心。

故园：故乡，这里指北京。

此声：指风雪交加的声音。

满江红·小住京华

秋瑾

小住京华，
早又是，
中秋佳节。
为篱下，
黄花开遍，
秋容如拭。
四面歌残终破楚，
八年风味徒思浙。
苦将侬，
强派作蛾眉，
殊未屑！

身不得，
男儿列。
心却比，
男儿烈！
算平生肝胆，
因人常热。
俗子胸襟谁识我？
英雄末路当磨折。
莽红尘，
何处觅知音？
青衫湿！

小住：暂时居住。

京华：这里指北京。

拭：擦洗。

四面歌残终破楚：此处引用《史记·项羽本纪》“夜闻汉军四面皆楚歌”的故事。

将：将就、忍让。

蛾眉：这里指代女子。

殊未屑：仍然不放在心上。

烈：刚正，不轻易屈服。

因人常热：因为别人而常常激动。

莽（mǎng）：广大。

青衫湿：失意伤心。

古代散文选篇

大学之道

《礼记》

大学之道，在明明德，在亲民，在止于至善。

知止而后有定，定而后能静，静而后能安，安而后能虑，虑而后能得。

物有本末，事有终始。知所先后，则近道矣。

古之欲明明德于天下者，先治其国；欲治其国者，先齐其家；欲齐其家者，先修其身；欲修其身者，先正其心；欲正其心者，先诚其意；欲诚其意者，先致其知。致知在格物。

物格而后知至，知至而后意诚，意诚而后心正，心正而后身修，身修而后家齐，家齐而后国治，国治而后天下平。

大学之道：大学问的宗旨、原则。
明明德：彰明、弘扬光明正大的品德。
知止：知道目标所在。
齐其家：管理好家庭或家族。
修其身：修养自身的品性。
致知：获得真知。
格物：推究事物的原理。

教学相长

《礼记》

虽有嘉肴，弗食，不知其旨也；虽有至道，弗学，不知其善也。是故学然后知不足，教然后知困。知不足，然后能自反也；知困，然后能自强也，故曰：教学相长也。《兑命》曰：“学学半。”其此之谓乎！

旨：味道。
至道：好到极点的道理。
困：不通、不理解。
自反：反躬自省。
教学相长：教和学互相促进。
《兑(yuè)命》：《尚书》中的一篇。
学学(xiào xué)半：教人是学习的一半。
其此之谓：大概说的就是这个道理。

大　同

《礼记》

昔者仲尼与于蜡宾，事毕，出游于观之上，喟然而叹。仲尼之叹，盖叹鲁也。言偃在侧，曰：“君子何叹？”孔子曰：“大道之行也，与三代之英，丘未之逮也，而有志焉。

“大道之行也，天下为公。选贤与能，讲信修睦，故人不独亲其亲，不独子其子，使老有所终，壮有所用，幼有所长，鳏寡孤独废疾者皆有所养，男有分，女有归。货恶其弃于地也，不必藏于己；力恶其不出于身也，不必为己。是故谋闭而不兴，盗窃乱贼而不作，故外户而不闭。是谓大同。”

仲尼：孔子。
蜡(zhà)：年终举行的祭祀。
观(guàn)：宗庙门外两旁的楼台。
喟(kuì)：感叹、感慨。
言偃(yǎn)：字子游，孔子的弟子。
大道：指太平社会的准则。
三代：指夏朝、商朝和周朝。
逮(dǎi)：赶上。
为公：为天下人共有。
鳏(guān)：老而无妻的人。
归：出嫁。
货：财物。
恶：憎恶。
外户：住宅外面的门。

天命之谓性

《中庸》

天命之谓性，率性之谓道，修道之谓教。

道也者，不可须臾离也；可离，非道也。是故君子戒慎乎其所不睹，恐惧乎其所不闻。

莫见乎隐，莫显乎微，故君子慎其独也。

喜、怒、哀、乐之未发，谓之中；发而皆中节，谓之和。中也者，天下之大本也；和也者，天下之达道也。

致中和，天地位焉，万物育焉。

天命：天赋，人的自然禀赋。
率性：遵循本性。
须臾：一会儿、片刻。
见：显现，明显。
乎：于。
中：符合。
节：节度、法度。
致：达到。

曹刿论战

《左传》

十年春，齐师伐我。公将战。曹刿请见。其乡人曰："肉食者谋之，又何间焉？"刿曰："肉食者鄙，未能远谋。"乃入见。

问："何以战？"公曰："衣食所安，弗敢专也，必以分人。"对曰："小惠未徧，民弗从也。"公曰："牺牲玉帛，弗敢加也，必以信。"对曰："小信未孚，神弗福也。"公曰："小大之狱，虽不能察，必以情。"对曰："忠之属也。可以一战。战则请从。"

公与之乘，战于长勺。公将鼓之。刿曰："未可。"齐人三鼓。刿曰："可矣。"齐师败绩。公将驰之。刿曰："未可。"下视其辙，登轼而望之，曰："可矣。"遂逐齐师。

既克，公问其故。对曰："夫战，勇气也。一鼓作气，再而衰，三而竭。彼竭我盈，故克之；夫大国，难测也，惧有伏焉。吾视其辙乱，望其旗靡，故逐之。"

曹刿（guì）：春秋时鲁国大夫、军事理论家。

十年：鲁庄公十年，即公元前684年。

齐师伐我：齐国的军队攻打鲁国。

公：这里指鲁庄公。

肉食者：此指当权者。

间（jiàn）：参与。

鄙（bǐ）：鄙陋，目光短浅。

专：独自专有。

徧（biàn）：同"遍"，遍及。

牺牲：祭祀用的猪、牛、羊等。

帛（bó）：丝织品。

加：虚报夸大。

孚（fú）：使人信服。

狱：(诉讼）案件。

忠之属也：尽了职分。

从：随行，跟从。

长勺（sháo）：鲁国地名，今山东莱芜东北。

轼（shì）：古代车厢前的横木扶手。

逐：追赶、驱赶。

靡（mǐ）：倒下。

邹忌讽齐王纳谏

《战国策》

邹忌修八尺有余，而形貌昳丽。朝服衣冠，窥镜，谓其妻曰："我孰与城北徐公美？"其妻曰："君美甚，徐公何能及君也！"城北徐公，齐国之美丽者也。忌不自信，而复问其妾曰："吾孰与徐公美？"妾曰："徐公何能及君也！"旦日，客从外来，与坐谈，问之客曰："吾与徐公孰美？"客曰："徐公不若君之美也。"明日徐公来，孰视之，自以为不如；窥镜而自视，又弗如远甚。暮寝而思之，曰："吾妻之美我者，私我也；妾之美我者，畏我也；客之美我者，欲有求于我也。"

于是入朝见威王，曰："臣诚知不如徐公美。臣之妻私臣，臣之妾畏臣，臣之客欲有求于臣，皆以美于徐公。今齐地方千里，百二十城，宫妇左右莫不私王，朝廷之臣莫不畏王，四境之内莫不有求于王。由此观之，王之蔽甚矣。"王曰："善。"乃下令："群臣吏民，能面刺寡人之过者，受上赏；上书谏寡人者，受中赏；能谤讥于市朝，闻寡人之耳者，受下赏。"

令初下，群臣进谏，门庭若市；数月之后，时时而间进；期年之后，虽欲言，无可进者。燕、赵、韩、魏闻之，皆朝于齐。此所谓战胜于朝廷。

邹忌：战国时齐国人，曾任相国。

讽：讽谏，用暗示、比喻的方式规劝。

齐王：即齐威王。

纳谏（jiàn）：接受规劝。

修：长，这里指身高。

昳（yì）丽：光艳美丽。

朝（zhāo）服：早晨穿戴好。

旦日：这里指第二天。

孰视之：仔细看徐公。

弗如远甚：远不如。

美：赞美。

私：偏爱。

诚知：确实知道。

蔽：指受蒙蔽。

面刺：当面指责。

谤（bàng）讥：指责、议论。

市朝：众人集聚的场所。

间进：有时候偶然进谏。

期（jī）年：满一年。

鸿门宴

司马迁

沛公军霸上，未得与项羽相见。沛公左司马曹无伤使人言于项羽曰：“沛公欲王关中，使子婴为相，珍宝尽有之。”项羽大怒曰：“旦日飨士卒，为击破沛公军！”当是时，项羽兵四十万，在新丰鸿门；沛公兵十万，在霸上。范增说项羽曰：“沛公居山东时，贪于财货，好美姬。今入关，财物无所取，妇女无所幸，此其志不在小。吾令人望其气，皆为龙虎，成五采，此天子气也。急击勿失！”

楚左尹项伯者，项羽季父也，素善留侯张良。张良是时从沛公，项伯乃夜驰之沛公军，私见张良，具告以事，欲呼张良与俱去，曰：“毋从俱死也！”张良曰：“臣为韩王送沛公，沛公今事有急，亡去不义，不可不语。”良乃入，具告沛公。沛公大惊，曰：“为之奈何？”张良曰：“谁为大王为此计者？”曰：“鲰生说我曰‘距关，毋内诸侯，秦地可尽王也’。故听之。”良曰：“料大王士卒足以当项王乎？”沛公默然，曰：“固不如也。且为之奈何？”张良曰：“请往谓项伯，言沛公不敢背项王也。”沛公曰：“君安与项伯有故？”张良曰：“秦时与臣游，项伯杀人，臣活之；今事有急，故幸来告良。”沛公曰：“孰与君少长？”良曰：“长于臣。”沛公

沛（pèi）公：即汉高祖刘邦。
项羽：即西楚霸王，楚国名将项燕之孙。
曹无伤：刘邦的一名将领。
欲王：想要称王。
子婴：秦二世胡亥的侄子。
飨（xiǎng）：用酒食犒劳。
范增：项羽的主要谋士。

素善：一向友好。
张良：刘邦的主要谋士。
具告以事：把项羽欲杀刘邦的事告诉了张良。
为韩王送沛公：奉韩王之命，跟刘邦一起入关。
亡去：逃走。
不可不语：不能不告诉。
鲰（zōu）生：卑微、浅陋的人。
距：通“拒”，拒绝。
内：同“纳”，进入。
当：同“挡”，抵挡。
有故：有老交情。
游：交往。
臣活之：我救了他的命。

曰："君为我呼入，吾得兄事之。"张良出，要项伯。项伯即入见沛公。沛公奉卮酒为寿，约为婚姻，曰："吾入关，秋毫不敢有所近，籍吏民，封府库，而待将军。所以遣将守关者，备他盗之出入与非常也。日夜望将军至，岂敢反乎！愿伯具言臣之不敢倍德也。"项伯许诺，谓沛公曰："旦日不可不蚤自来谢项王。"沛公曰："诺。"于是项伯复夜去，至军中，具以沛公言报项王，因言曰："沛公不先破关中，公岂敢入乎？今人有大功而击之，不义也。不如因善遇之。"项王许诺。

沛公旦日从百余骑来见项王，至鸿门，谢曰："臣与将军戮力而攻秦，将军战河北，臣战河南，然不自意能先入关破秦，得复见将军于此。今者有小人之言，令将军与臣有郤。"项王曰："此沛公左司马曹无伤言之。不然，籍何以至此？"项王即日因留沛公与饮。项王、项伯东向坐，亚父南向坐——亚父者，范增也。沛公北向坐，张良西向侍。范增数目项王，举所佩玉玦以示之者三，项王默然不应。范增起，出，召项庄，谓曰："君王为人不忍。若入前为寿，寿毕，请以剑舞，因击沛公于坐，杀之。不者，若属皆且为所虏。"庄则入为寿。寿毕，曰："君王与沛公饮，军中无以为乐，请以剑舞。"项王曰："诺。"项庄拔剑起舞，项伯亦拔剑起舞，常以身翼蔽沛公，庄不得击。于

要：同"邀"，邀请。

卮（zhī）：酒器，大酒杯。

籍：登记造册。

非常：意外变故。

倍：同"背"，背叛。

蚤：同"早"。

戮（lù）：联合，一同。

不自意：自己没料到。

郤：同"隙"，间隙。

籍：项羽的名。

数（shuò）目：多次。

玉玦（jué）：半环形玉佩。

项庄：项羽的堂弟。

若：你。

若属：汝辈，你们。

樊哙（fán kuài）：随刘邦一同起义，屡立战功。

交戟（jǐ）：交叉持戟。

瞋（chēn）目：发怒时睁大眼睛。

目眦（zì）：眼角。

跽（jì）：挺直上身跪着。

参乘（cānshèng）：指近侍警卫。

彘（zhì）肩：整条猪腿。

啖：吃。

举：全。

胜：尽，超过。

细说：小人的话。

须臾：片刻，一会儿。

大行：干大事。

细谨：小节。

刀俎（zǔ）：切肉用的刀和砧板。

是张良至军门见樊哙。樊哙曰：“今日之事何如？”良曰：“甚急！今者项庄拔剑舞，其意常在沛公也。”哙曰：“此迫矣！臣请入，与之同命。”哙即带剑拥盾入军门。交戟之卫士欲止不内，樊哙侧其盾以撞，卫士仆地，哙遂入，披帷西向立，瞋目视项王，头发上指，目眦尽裂。项王按剑而跽曰：“客何为者？”张良曰：“沛公之参乘樊哙者也。”项王曰：“壮士！赐之卮酒。”则与斗卮酒。哙拜谢，起，立而饮之。项王曰：“赐之彘肩。”则与一生彘肩。樊哙覆其盾于地，加彘肩上，拔剑切而啖之。项王曰：“壮士！能复饮乎？”樊哙曰：“臣死且不避，卮酒安足辞！夫秦王有虎狼之心，杀人如不能举，刑人如恐不胜，天下皆叛之。怀王与诸将约曰：‘先破秦入咸阳者王之。’今沛公先破秦入咸阳，毫毛不敢有所近，封闭宫室，还军霸上，以待大王来。故遣将守关者，备他盗出入与非常也。劳苦而功高如此，未有封侯之赏，而听细说，欲诛有功之人。此亡秦之续耳，窃为大王不取也！”项王未有以应，曰：“坐！”樊哙从良坐。坐须臾，沛公起如厕，因招樊哙出。

沛公已出，项王使都尉陈平召沛公。沛公曰：“今者出，未辞也，为之奈何？”樊哙曰：“大行不顾细谨，大礼不辞小让。如今人方为刀俎，我为鱼肉，何辞为？”于是遂去。乃令张良留谢。良问曰：“大王来何操？”曰：“我持白璧一双，欲献项王；玉斗一双，欲与亚父。会其怒，不敢献。公为我献之。”张良曰：“谨诺。”当是时，项王军在鸿门下，沛公军在霸上，相去四十里。沛公则置车骑，脱身独骑，与樊哙、夏侯婴、靳强、纪信等四人持剑盾步走，从郦山下，道芷阳，间行。沛公谓张良曰：“从此道至吾军，不过二十里耳。度我至军中，公乃入。”

沛公已去，间至军中。张良入谢，曰：“沛公不胜杯杓，不能辞。谨使臣良奉白璧一双，再拜献大王足下；玉斗一双，再拜奉大将军足下。”项王曰：“沛公安在？”良曰：“闻大王有意督过之，脱身独去，已至军矣。”项王则受璧，置之坐上。亚父受玉斗，置之地，拔剑撞而破之，曰：“唉！竖子不足与谋。夺项王天下者必沛公也。吾属今为之虏矣！”

沛公至军，立诛杀曹无伤。

操：携带。

置：留下。

道：取道。

间行：抄近道。

度：估计、度量。

杓（sháo）：同“勺”，酒器。

督过之：责备他。

竖子：小子，骂人的话。

屈原列传（节选）

司马迁

屈原至于江滨，被发行吟泽畔，颜色憔悴，形容枯槁。渔父见而问之曰："子非三闾大夫欤？何故而至此？"屈原曰："举世皆浊而我独清，众人皆醉而我独醒，是以见放。"渔父曰："夫圣人者，不凝滞于物，而能与世推移。举世皆浊，何不随其流而扬其波？众人皆醉，何不哺其糟而啜其醨？何故怀瑾握瑜，而自令见放为？"屈原曰："吾闻之，新沐者必弹冠，新浴者必振衣。人又谁能以身之察察，受物之汶汶者乎！宁赴常流而葬乎江鱼腹中耳，又安能以皓皓之白，而蒙世之温蠖乎！"

乃作《怀沙》之赋……于是怀石，遂自投汨罗以死。

被（pī）：通"披"。
憔悴（qiáo cuì）：疲惫，没精神。
三闾（lǘ）大夫：楚国掌管王族昭、屈、景三姓事务的官。
欤（yú）：句末语气词，表示疑问、感叹。
哺（bǔ）：吃，食。
糟：酒渣。
啜（chuò）：喝。
醨（lí）：薄酒。
瑾（jǐn）、瑜（yú）：都是美玉。
察察：洁白的样子。
汶汶（mén）：浑浊。
皓皓（hào）：莹洁。
温蠖（huò）：尘滓重积。
汨（mì）罗：江名，流经汨罗市入洞庭湖。

师旷论学

刘向

晋平公问于师旷曰："吾年七十，欲学，恐已暮矣。"师旷曰："暮，何不炳烛乎？"平公曰："安有为人臣而戏其君乎？"

师旷曰："盲臣安敢戏其君乎！臣闻之：少而好学，如日出之阳；壮而好学，如日中之光；老而好学，如炳烛之明。炳烛之明，孰与昧行乎？"平公曰："善哉！"

晋平公：春秋时期晋国国君。
师旷：春秋时期晋国乐师。
已暮：指已来不及、晚了。
炳烛：点烛。
安：怎么，哪。
盲臣：师旷自称。
少：少年。
日中之光：正午的太阳。
昧行：在黑暗中行走。

出师表

诸葛亮

先帝创业未半而中道崩殂，今天下三分，益州疲弊，此诚危急存亡之秋也！然侍卫之臣不懈于内，忠志之士忘身于外者，盖追先帝之殊遇，欲报之于陛下也。诚宜开张圣听，以光先帝遗德，恢弘志士之气，不宜妄自菲薄，引喻失义，以塞忠谏之路也。

宫中府中，俱为一体，陟罚臧否，不宜异同。若有作奸犯科及为忠善者，宜付有司论其刑赏，以昭陛下平明之理；不宜偏私，使内外异法也。

侍中、侍郎郭攸之、费祎、董允等，此皆良实，志虑忠纯，是以先帝简拔以遗陛下。愚以为宫中之事，事无大小，悉以咨之，然后施行，必能裨补阙漏，有所广益。

将军向宠，性行淑均，晓畅军事，试用于昔日，先帝称之曰能，是以众议举宠为督。愚以为营中之事，悉以咨之，必能使行阵和睦，优劣得所。

亲贤臣，远小人，此先汉所以兴隆也；亲小人，远贤臣，此后汉所以倾颓也。先帝在时，每与臣论此事，未尝不叹息痛恨于桓、灵也！侍中、尚书、长史、参军，此悉贞良死节之臣，愿陛下亲之、信之，则汉室之隆，可计

表：古代向帝王上书的一种文体。

出师：出征。

先帝：指刘备。

崩殂（bēng cú）：死亡。

天下三分：天下分为魏、蜀、吴三国。

殊遇：优待、厚遇。

开张圣听：扩大圣明的听闻。

恢弘（hóng）：发扬扩大。

谏：直言规劝。

府中：指朝廷中。

陟（zhì）：提升，提拔。

臧否（zāng pǐ）：善恶。

昭：彰显，显扬。

简拔：选拔、挑选。

遗（wèi）：给予。

裨（bì）：弥补，补救。

阙（quē）：通“缺”，缺点。

督：武职，向宠曾为中部督。

行阵（háng）：指部队。

倾颓（tuí）：衰败。

桓、灵：东汉的桓帝和灵帝。

日而待也。

臣本布衣，躬耕于南阳，苟全性命于乱世，不求闻达于诸侯。先帝不以臣卑鄙，猥自枉屈，三顾臣于草庐之中，咨臣以当世之事。由是感激，遂许先帝以驱驰。后值倾覆，受任于败军之际，奉命于危难之间，尔来二十有一年矣！

先帝知臣谨慎，故临崩寄臣以大事也。受命以来，夙夜忧叹，恐托付不效，以伤先帝之明。故五月渡泸，深入不毛。今南方已定，兵甲已足，当奖率三军，北定中原。庶竭驽钝，攘除奸凶，兴复汉室，还于旧都。此臣所以报先帝而忠陛下之职分也。至于斟酌损益，进尽忠言，则攸之、祎、允之任也。

愿陛下托臣以讨贼兴复之效，不效，则治臣之罪，以告先帝之灵。若无兴德之言，则责攸之、祎、允等之慢，以彰其咎；陛下亦宜自谋，以咨诹善道，察纳雅言，深追先帝遗诏。臣不胜受恩感激！

今当远离，临表涕零，不知所言！

躬耕：这里指隐居乡村。

闻达：闻名显达。

猥(wěi)：此指降低身份。

驱驰：此指奔走效劳。

倾覆：指兵败。

尔来：那时以来。

泸：水名，即金沙江。

庶：希望。

驽钝(nú dùn)：比喻才能平庸。

攘(rǎng)除：排除，铲除。

损益：增减，兴革。

彰：表明，显扬。

咨诹(zōu)：询问。

诫子书

诸葛亮

夫君子之行，静以修身，俭以养德。非澹泊无以明志，非宁静无以致远。夫学须静也，才须学也。非学无以广才，非志无以成学。淫慢则不能励精，险躁则不能冶性。年与时驰，意与日去，遂成枯落，多不接世，悲守穷庐，将复何及！

诫（jiè）：警告，劝人警惕。
修身：品德修养。
澹（dàn）泊：通“淡泊”。
广才：增长才干。
淫（yín）慢：过度的享乐，懈怠。
励精：专心，奋勉。
冶性：陶冶性情。
日去：时间流逝。
接世：有益于社会。
将复何及：又怎么来得及。

隆中对

陈寿

亮躬耕陇亩，好为《梁父吟》。身长八尺，每自比于管仲、乐毅，时人莫之许也。惟博陵崔州平、颍川徐庶元直与亮友善，谓为信然。

时先主屯新野。徐庶见先主，先主器之，谓先主曰：“诸葛孔明者，卧龙也，将军岂愿见之乎？”先主曰：“君与俱来。”庶曰：“此人可就见，不可屈致也。将军宜枉驾顾之。”

由是先主遂诣亮，凡三往，乃见。因屏人曰：“汉室倾颓，奸臣窃命，主上蒙尘。孤不度德量力，欲信大义于天下；而智术浅短，遂用猖蹶，至于今日。然志犹未已，君谓计将安出？”

亮答曰：“自董卓已来，豪杰并起，跨州连郡者不可胜数。曹操比于袁绍，则名微而众寡。然操遂能克绍，以弱为强者，非惟天时，

隆中：今湖北襄阳一带。
对：回答、应对。
亮：即诸葛亮。
为：唱。
管仲：春秋时齐桓公的国相。
乐（yuè）毅：战国时燕昭王的名将。
先主：先帝，指刘备。
新野：今河南新野。
就见：指去拜访诸葛亮。
屈致：委屈引来。
枉驾：屈尊。
诣（yì）：去，拜访。
屏（bǐng）人：命人退避。
奸臣：指董卓、曹操等。
孤：刘备自称。
用：因此。
出：产生。
跨：占据。
非惟：不仅。

抑亦人谋也。今操已拥百万之众，挟天子而令诸侯，此诚不可与争锋。孙权据有江东，已历三世，国险而民附，贤能为之用，此可以为援而不可图也。荆州北据汉、沔，利尽南海，东连吴会，西通巴、蜀，此用武之国，而其主不能守，此殆天所以资将军，将军岂有意乎？益州险塞，沃野千里，天府之土，高祖因之以成帝业。刘璋暗弱，张鲁在北，民殷国富而不知存恤，智能之士思得明君。将军既帝室之胄，信义著于四海，总揽英雄，思贤如渴，若跨有荆、益，保其岩阻，西和诸戎，南抚夷越，外结好孙权，内修政理；天下有变，则命一上将将荆州之军以向宛、洛，将军身率益州之众出于秦川，百姓孰敢不箪食壶浆以迎将军者乎？诚如是，则霸业可成，汉室可兴矣。”先主曰：“善！”于是与亮情好日密。

关羽、张飞等不悦，先主解之曰：“孤之有孔明，犹鱼之有水也。愿诸君勿复言。”羽、飞乃止。

抑：而且。

用武之国：用兵之地。

殆（dài）：大概。

高祖：指刘邦。

存恤：爱抚、体恤。

胄（zhòu）：后代。

诸戎：西部各族。

夷越：南部各族。

宛、洛：泛指中原一带。

箪（dān）食壶浆：装满食物和饮料，比喻热情迎接和款待。

日密：日渐亲密。

勿复言：不要多说什么。

慎其所处者

王肃

与善人居，如入芝兰之室，久而不闻其香，即与之化矣。与不善人居，如入鲍鱼之肆，久而不闻其臭，亦与之化矣。丹之所藏者赤，漆之所藏者黑，是以君子必慎其所处者焉。

居：居住，这里引申为交往。

肆：店铺。

化：同化。

处：相处、结交。

兰亭集序

王羲之

永和九年，岁在癸丑，暮春之初，会于会稽山阴之兰亭，修禊事也。群贤毕至，少长咸集。此地有崇山峻岭，茂林修竹；又有清流激湍，映带左右，引以为流觞曲水，列坐其次。虽无丝竹管弦之盛，一觞一咏，亦足以畅叙幽情。是日也，天朗气清，惠风和畅，仰观宇宙之大，俯察品类之盛，所以游目骋怀，足以极视听之娱，信可乐也。

夫人之相与，俯仰一世，或取诸怀抱，晤言一室之内；或因寄所托，放浪形骸之外。虽趣舍万殊，静躁不同，当其欣于所遇，暂得于己，快然自足，曾不知老之将至。及其所之既倦，情随事迁，感慨系之矣。向之所欣，俯仰之间，已为陈迹，犹不能不以之兴怀。况修短随化，终期于尽。古人云："死生亦大矣。"岂不痛哉！

每览昔人兴感之由，若合一契，未尝不临文嗟悼，不能喻之于怀。固知一死生为虚诞，齐彭殇为妄作。后之视今，亦犹今之视昔。悲夫！故列叙时人，录其所述，虽世殊事异，所以兴怀，其致一也。后之览者，亦将有感于斯文。

永和：东晋晋穆帝司马聃的年号。
会稽（kuài jī）：郡名，今浙江绍兴。
修禊（xì）：在水边举行祭祀活动。
毕至：全到。
咸：都。
映带：映衬、围绕。
流觞（shāng）曲水：劝酒取乐方式。
一觞一咏：喝着酒作着诗。
品类：指自然界的万物。
所以：用来。
信：实在。
相与：相处、交往。
俯仰：表示时间短暂。
晤言：面对面交谈。
趣（qǔ）舍万殊：爱好千差万别。
所之：所喜爱或得到的事物。
向：过去、以前。
兴怀：引起感触。
修短随化：寿命的长短听凭造化。
期：至，及。
契：符契，古代的一种信物。
喻：明白。
虚诞：虚妄荒诞的话。
殇（shāng）：未成年死去的人。
时人：当时聚会的人。
斯文：这次集会的诗文。

桃花源记

陶渊明

晋太元中，武陵人捕鱼为业。缘溪行，忘路之远近。忽逢桃花林，夹岸数百步，中无杂树，芳草鲜美，落英缤纷。渔人甚异之。复前行，欲穷其林。

太元：东晋孝武帝的年号。
武陵：今湖南常德一带。
缘：顺着、沿着。
异之：对此感到诧异。

林尽水源，便得一山。山有小口，仿佛若有光。便舍船，从口入。初极狭，才通人。复行数十步，豁然开朗。土地平旷，屋舍俨然，有良田美池桑竹之属。阡陌交通，鸡犬相闻。其中往来种作，男女衣着，悉如外人。黄发垂髫，并怡然自乐。

得：看到。

才通人：仅容一人通过。

俨然：整齐的样子。

阡陌：田间小路。

垂髫(tiáo)：垂下来的头发，此指小孩。

见渔人，乃大惊，问所从来。具答之。便要还家，设酒杀鸡作食。村中闻有此人，咸来问讯。自云先世避秦时乱，率妻子邑人来此绝境，不复出焉，遂与外人间隔。问今是何世，乃不知有汉，无论魏晋。此人一一为具言所闻，皆叹惋。余人各复延至其家，皆出酒食。停数日，辞去。此中人语云："不足为外人道也。"

具：通"俱"，全都。
要(yāo)：同"邀"，邀请。
咸：都、全。

邑人：同乡人。

具言：详细说出。

延至：邀请到。

不足：不必，不值得。

既出，得其船，便扶向路，处处志之。及郡下，诣太守，说如此。太守即遣人随其往，寻向所志，遂迷，不复得路。

扶：沿着、顺着。
向：从前。
诣(yì)：到、拜访。
寻：寻找。

南阳刘子骥，高尚士也，闻之，欣然规往。未果，寻病终，后遂无问津者。

问津：问路，这里指访求。

五柳先生传

陶渊明

先生不知何许人也，亦不详其姓字。宅边有五柳树，因以为号焉。闲静少言，不慕荣利。好读书，不求甚解；每有会意，便欣然忘食。性嗜酒，家贫不能常得。亲旧知其如此，或置酒而招之。造饮辄尽，期在必醉。既醉而退，曾不吝情去留。环堵萧然，不蔽风日。短褐穿结，箪瓢屡空，晏如也。常著文章自娱，颇示己志。忘怀得失，以此自终。

赞曰：黔娄之妻有言："不戚戚于贫贱，不汲汲于富贵。"其言兹若人之俦乎？衔觞赋诗，以乐其志，无怀氏之民欤？葛天氏之民欤？

详：知道。

亲旧：亲戚朋友。

造饮辄(zhé)尽：去喝酒就要喝个尽兴。

吝情：舍不得。

环堵：周围土墙。

短褐(hè)穿结：粗布短衣上打了补丁。

晏(yàn)如：安然自若。

黔(qián)娄：春秋时鲁国人。

俦(chóu)：辈，同类。

衔觞(shāng)：指饮酒。

无怀氏、葛天氏：都是传说中的上古帝王。

与朱元思书

吴均

风烟俱净，天山共色。从流飘荡，任意东西。自富阳至桐庐一百许里，奇山异水，天下独绝。

水皆缥碧，千丈见底。游鱼细石，直视无碍。急湍甚箭，猛浪若奔。

夹岸高山，皆生寒树，负势竞上，互相轩邈，争高直指，千百成峰。泉水激石，泠泠作响；好鸟相鸣，嘤嘤成韵。蝉则千转不穷，猿则百叫无绝。鸢飞戾天者，望峰息心；经纶世

从流：顺着江流。

缥(piǎo)碧：青白色。

负：凭借。

轩邈(miǎo)：向高处和远处伸展。

泠(líng)泠：形容水声的清越。

嘤嘤：鸟鸣声。

转(zhuàn)：同"啭"，婉转地鸣叫。

鸢(yuān)飞戾(lì)天：老鹰高飞入天。

经纶(lún)：筹划、治理。

务者，窥谷忘反。横柯上蔽，在昼犹昏；疏条交映，有时见日。

反：通“返”，返回。

三　峡

郦道元

自三峡七百里中，两岸连山，略无阙处。重岩叠嶂，隐天蔽日。自非亭午夜分，不见曦月。

至于夏水襄陵，沿溯阻绝。或王命急宣，有时朝发白帝，暮至江陵，其间千二百里，虽乘奔御风，不以疾也。

春冬之时，则素湍绿潭，回清倒影。绝巘多生怪柏，悬泉瀑布，飞漱其间，清荣峻茂，良多趣味。

每至晴初霜旦，林寒涧肃，常有高猿长啸，属引凄异，空谷传响，哀转久绝。故渔者歌曰：“巴东三峡巫峡长，猿鸣三声泪沾裳。”

略无：毫无，完全没有。

阙（quē）：通“缺”，空缺。

自非：如果不是。

亭午夜分：正午和半夜。

曦（xī）：太阳。

襄（xiāng）陵：漫上丘陵。

王命：皇帝的圣旨。

御：驾着，驾驶。

素湍（tuān）：雪白的急流。

绝巘（yǎn）：极高的山峰。

良：的确，确实。

霜旦：下霜的早晨。

属（zhǔ）引：连续不断。

巴东：古代郡名，在今重庆东部。

答谢中书书

陶弘景

山川之美，古来共谈。高峰入云，清流见底。两岸石壁，五色交辉。青林翠竹，四时俱备。晓雾将歇，猿鸟乱鸣；夕日欲颓，沈鳞竞跃。实是欲界之仙都。自康乐以来，未复有能与其奇者。

歇：消、停。

颓（tuí）：坠落。

沈鳞：潜游在水中的鱼。沈，通“沉”。

欲界：这里指人间。

康乐：指南朝诗人谢灵运。

与（yù）：此处指欣赏领略。

文心雕龙·神思（节选）

刘勰

古人云：“形在江海之上，心存魏阙之下。”神思之谓也。文之思也，其神远矣。故寂然凝虑，思接千载；悄焉动容，视通万里。吟咏之间，吐纳珠玉之声；眉睫之前，卷舒风云之色；其思理之致乎！故思理为妙，神与物游。神居胸臆，而志气统其关键；物沿耳目，而辞令管其枢机。枢机方通，则物无隐貌；关键将塞，则神有遁心。……

夫神思方运，万涂竞萌，规矩虚位，刻镂无形。登山则情满于山，观海则意溢于海，我才之多少，将与风云而并驱矣。

魏阙（què）：指朝廷。

吟咏：沉吟构思。

吐纳：发出。

神与物游：精神与外物的形象密切结合。

枢（shū）机：指主要结构和脉络。

遁（dùn）：隐避。

万涂：即万途，指思绪很多。

虚位：指抽象的东西。

滕王阁序

王勃

豫章故郡，洪都新府。星分翼轸，地接衡庐。襟三江而带五湖，控蛮荆而引瓯越。物华天宝，龙光射牛斗之墟；人杰地灵，徐孺下陈蕃之榻。雄州雾列，俊采星驰。台隍枕夷夏之交，宾主尽东南之美。都督阎公之雅望，棨戟遥临；宇文新州之懿范，襜帷暂驻。十旬休假，胜友如云；千里逢迎，高朋满座。腾蛟起凤，孟学士之词宗；紫电青霜，王将军之武库。家君作宰，路出名区；童子何知，躬逢胜饯。

豫章：今江西南昌。

翼、轸：二十八宿之星宿名。

衡庐：衡山和庐山。

襟：以……为襟。

龙光：指宝剑的光辉。

牛、斗：星宿名。

墟：所在之处。

俊采：指人才。

枕（zhěn）：占据，地处。

棨戟（qǐ jǐ）：这里指仪仗。

懿（yì）范：美好的风范。

宰：县令。

路出：路过。

胜饯（jiàn）：盛大的宴会。

潦水：雨后的积水。
骖騑（cān fēi）：驾车的马匹。
崇阿（ē）：高大的山陵。
帝子、仙人：指滕王李元婴。
旧馆：指滕王阁。
下临：向下看。
绣闼（tà）：绘饰华美的门。
雕甍（méng）：雕饰华美的屋脊。
纡：迂回曲折。
骇瞩：对所见景物感到惊骇。
闾阎（lǘ yán）：这里指房屋。
穷：穷尽，引申为“直到”。
彭蠡（lǐ）：古代泽名，今鄱阳湖。
遥：远望。
甫畅：顿时舒畅。
遄（chuán）：迅速。
爽籁：清脆的排箫音乐。
遏（è）：阻止、停止。
凌：超过。
朱华：指荷花。
临川之笔：代指谢灵运。
二难：指贤主、嘉宾难得。
穷睇眄（dì miǎn）：极目远望。
迥（jiǒng）：大。
盈虚：消长，指变化。
目：遥看。
南溟（míng）：南方的大海。
北辰：北极星，比喻国君。
失路：仕途不遇。
帝阍（hūn）：天帝的守门人。
奉宣室：指入朝做官。
舛（chuǎn）：坎坷。
明时：泛指圣明的时代。
涸辙（hé zhé）：干涸的车辙。
赊（shē）：遥远。
东隅：日出处，引申为早年。
桑榆：日落处，引申为晚年。

时维九月，序属三秋。潦水尽而寒潭清，烟光凝而暮山紫。俨骖騑于上路，访风景于崇阿。临帝子之长洲，得仙人之旧馆。层峦耸翠，上出重霄；飞阁流丹，下临无地。鹤汀凫渚，穷岛屿之萦回；桂殿兰宫，即冈峦之体势。披绣闼，俯雕甍，山原旷其盈视，川泽纡其骇瞩。闾阎扑地，钟鸣鼎食之家；舸舰迷津，青雀黄龙之舳。云销雨霁，彩彻区明。落霞与孤鹜齐飞，秋水共长天一色。渔舟唱晚，响穷彭蠡之滨，雁阵惊寒，声断衡阳之浦。

遥襟甫畅，逸兴遄飞。爽籁发而清风生，纤歌凝而白云遏。睢园绿竹，气凌彭泽之樽；邺水朱华，光照临川之笔。四美具，二难并。穷睇眄于中天，极娱游于暇日。天高地迥，觉宇宙之无穷；兴尽悲来，识盈虚之有数。望长安于日下，目吴会于云间。地势极而南溟深，天柱高而北辰远。关山难越，谁悲失路之人？萍水相逢，尽是他乡之客。怀帝阍而不见，奉宣室以何年？

嗟乎！时运不齐，命途多舛。冯唐易老，李广难封。屈贾谊于长沙，非无圣主；窜梁鸿于海曲，岂乏明时？所赖君子安贫，达人知命。老当益壮，宁移白首之心？穷且益坚，不坠青云之志。酌贪泉而觉爽，处涸辙以犹欢。北海虽赊，扶摇可接；东隅已逝，桑榆非晚。孟尝高洁，空余报国之情；阮籍猖狂，岂效穷途之哭！

勃，三尺微命，一介书生。无路请缨，等终军之弱冠；有怀投笔，慕宗悫之长风。舍簪笏于百龄，奉晨昏于万里。非谢家之宝树，接孟氏之芳邻。他日趋庭，叨陪鲤对；今兹捧袂，喜托龙门。杨意不逢，抚凌云而自惜；钟期既遇，奏流水以何惭？呜乎！胜地不常，盛筵难再；兰亭已矣，梓泽丘墟。临别赠言，幸承恩于伟饯；登高作赋，是所望于群公。敢竭鄙诚，恭疏短引；一言均赋，四韵俱成。请洒潘江，各倾陆海云尔！

等：相同、等同。

投笔：指投笔从戎。

宗悫（què）：南朝宋南阳人。

簪笏（zān hù）：冠簪、手板，这里指官职地位。

奉晨昏：侍奉父母。

捧袂（mèi）：举起双袖，表示恭敬。

杨意：指杨得意。

钟期：指钟子期。

胜：名胜。

兰亭：王羲之与群贤宴集于此，行修禊礼。

梓泽：指晋代石崇的金谷园。

恭疏短引：恭敬地写下这篇小序。

黔之驴

柳宗元

黔无驴，有好事者船载以入。至则无可用，放之山下。虎见之，庞然大物也，以为神，蔽林间窥之。稍出近之，慭慭然，莫相知。

他日，驴一鸣，虎大骇，远遁；以为且噬己也，甚恐。然往来视之，觉无异能者；益习其声，又近出前后，终不敢搏。稍近，益狎，荡倚冲冒。驴不胜怒，蹄之。虎因喜，计之曰："技止此耳！"因跳踉大㘎，断其喉，尽其肉，乃去。

黔（qián）：指唐代黔中道，在今四川和贵州交界地区。

稍出近之：渐渐接近它。

慭慭（yìn）：惊恐、疑惑、谨慎。

大骇（hài）：非常害怕。

远遁（dùn）：逃到远处。

且：将要。

噬（shì）：咬。

益：逐渐。

益狎（xiá）：逐渐亲近和挑逗。

跳踉（liáng）：跳跃。

㘎（hǎn）：怒吼。

噫！形之庞也类有德，声之宏也类有能。向不出其技，虎虽猛，疑畏，卒不敢取。今若是焉，悲夫！

类：似乎，好像。

向：以前，当初。

卒：最后，最终。

小石潭记

柳宗元

从小丘西行百二十步，隔篁竹，闻水声，如鸣珮环，心乐之。伐竹取道，下见小潭，水尤清冽。全石以为底，近岸，卷石底以出，为坻，为屿，为嵁，为岩。青树翠蔓，蒙络摇缀，参差披拂。

篁(huáng)竹：成林的竹子。

珮(pèi)环：玉制的装饰品。

以为：把……作为。

以：而。

坻：水中高地。

嵁(kān)：高低不平的岩石。

潭中鱼可百许头，皆若空游无所依。日光下澈，影布石上，佁然不动；俶尔远逝，往来翕忽，似与游者相乐。

下澈：向下照到水底。

俶(chù)尔：忽然。

翕(xī)忽：轻快敏捷。

潭西南而望，斗折蛇行，明灭可见。其岸势犬牙差互，不可知其源。

斗折：像北斗七星那样曲折。

坐潭上，四面竹树环合，寂寥无人，凄神寒骨，悄怆幽邃。以其境过清，不可久居，乃记之而去。

悄怆(chuàng)：忧伤。

以：因为。

同游者：吴武陵、龚古、余弟宗玄；隶而从者，崔氏二小生：曰恕己，曰奉壹。

隶而从：作为侍从跟着同去。

师 说

韩愈

古之学者必有师。师者，所以传道受业解惑也。人非生而知之者，孰能无惑？惑而不从师，其为惑也，终不解矣。生乎吾前，其闻道也固先乎吾，吾从而师之；生乎吾后，其闻道也亦先乎吾，吾从而师之。吾师道也，夫庸知其年之先后生于吾乎？是故无贵无贱，无长无少，道之所存，师之所存也。

学者：求学的人。
所以：用来……的。
受：通“授”，传授。
之：指知识和道理。

师之：拜他为师。
吾师道：我向他学习道理。师，学习。
庸：何必。

嗟乎！师道之不传也久矣！欲人之无惑也难矣！古之圣人，其出人也远矣，犹且从师而问焉；今之众人，其下圣人也亦远矣，而耻学于师。是故圣益圣，愚益愚。圣人之所以为圣，愚人之所以为愚，其皆出于此乎？

师道：从师的传统。

出人：超出众人。

下：不如。

爱其子，择师而教之；于其身也，则耻师焉，惑矣！彼童子之师，授之书而习其句读者，非吾所谓传其道解其惑者也。句读之不知，惑之不解，或师焉，或不焉，小学而大遗，吾未见其明也。

句读(dòu)：句逗。

不：通“否”。

巫医乐师百工之人，不耻相师。士大夫之族，曰师曰弟子云者，则群聚而笑之。问之，则曰：“彼与彼年相若也，道相似也。位卑则足羞，官盛则近谀。”呜呼！师道之不复，可知矣。巫医乐师百工之人，君子不齿，今其智乃反不能及，其可怪也欤！

百工：各种手艺。
相师：拜人为师。

不齿：不屑、看不起。

圣人无常师。孔子师郯子、苌弘、师襄、老聃。郯子之徒，其贤不及孔子。孔子曰：三人行，则必有我师。是故弟子不必不如师，师不必贤于弟子，闻道有先后，术业有专攻，如是而已。

常：固定的。
郯(tán)子：春秋时郯国的国君。
苌(cháng)弘：东周敬王时的大夫。
师襄：春秋时鲁国的乐官。
老聃(dān)：即老子，春秋时的思想家。

李氏子蟠，年十七，好古文，六艺经传皆通习之，不拘于时，学于余。余嘉其能行古道，作师说以贻之。

通习：普遍学习。
贻：赠送，赠予。

马　说

韩愈

世有伯乐，然后有千里马。千里马常有，而伯乐不常有。故虽有名马，祇辱于奴隶人之手，骈死于槽枥之间，不以千里称也。

马之千里者，一食或尽粟一石。食马者不知其能千里而食也。是马也，虽有千里之能，食不饱，力不足，才美不外见，且欲与常马等不可得，安求其能千里也？

伯乐：春秋时孙阳。
千里马：此处指人才。
祇(zhǐ)：只是。
奴隶人：指喂马的人。
骈(pián)死：并列而死。
槽枥(cáo lì)：喂牲口的食器。
石(dàn)：计量单位，十斗为一石。
食(sì)：同“饲”，喂。
外见：表现在外面。

策之不以其道，食之不能尽其材，鸣之而不能通其意，执策而临之，曰：“天下无马！”呜呼！其真无马邪？其真不知马也！

策：马鞭，引申为鞭打、驾驭。
执：拿。

进学解

韩愈

国子先生晨入太学，招诸生立馆下，诲之曰："业精于勤，荒于嬉；行成于思，毁于随。方今圣贤相逢，治具毕张。拔去凶邪，登崇畯良。占小善者率以录，名一艺者无不庸。爬罗剔抉，刮垢磨光。盖有幸而获选，孰云多而不扬？诸生业患不能精，无患有司之不明；行患不能成，无患有司之不公。"

言未既，有笑于列者曰："先生欺余哉！弟子事先生，于兹有年矣。先生口不绝吟于六艺之文，手不停披于百家之编。纪事者必提其要，纂言者必钩其玄。贪多务得，细大不捐。焚膏油以继晷，恒兀兀以穷年。先生之业，可谓勤矣。

"觝排异端，攘斥佛老。补苴罅漏，张皇幽眇。寻坠绪之茫茫，独旁搜而远绍。障百川而东之，回狂澜于既倒。先生之于儒，可谓有劳矣。

"沉浸醲郁，含英咀华；作为文章，其书满家。上规姚姒，浑浑无涯；周诰殷盘，佶屈聱牙；《春秋》谨严，《左氏》浮夸；《易》奇而法，《诗》正而葩；下逮《庄》《骚》，太史所录；子云、相如，同工异曲。先生之于文，可谓闳其中而肆其外矣。

"少始知学，勇于敢为；长通于方，左右

国子先生：韩愈自称。

太学：指国子监。

随：因循随俗。

治具：治理的法令等。

毕张：全部建立、确立。

畯(jùn)：通"俊"，才智出众。

庸：通"用"，采用。

爬罗剔(tī)抉(jué)：指仔细搜罗人才。

晷(guǐ)：日影。

兀(wù)兀：辛勤不懈的样子。

觝(dǐ)、攘(rǎng)：抵制、排除。

苴(jū)：鞋底垫的草，此指填补。

罅(xià)：裂缝。

绪：这里指儒家的道统。

醲(nóng)郁：指古代典籍的书香。

姚姒(sì)：相传虞舜姓姚，夏禹姓姒。

诰(gào)：古代训诫勉励的文告。

佶(jí)屈：屈曲。

聱(áo)牙：指不顺口。

《左氏》：指《左传》。

《易》：指《易经》。

《诗》：指《诗经》。

《庄》：指《庄子》。

《骚》：指《离骚》。

太史：指汉代司马迁。

子云、相如：汉代扬雄和司马相如。

闳(hóng)：宏大。

具宜。先生之于为人，可谓成矣。

“然而公不见信于人，私不见助于友。跋前踬后，动辄得咎。暂为御史，遂窜南夷。三年博士，冗不见治。命与仇谋，取败几时。冬暖而儿号寒，年丰而妻啼饥。头童齿豁，竟死何裨？不知虑此，而反教人为？”

先生曰：“吁，子来前！夫大木为宋，细木为桷，欂栌侏儒，椳闑扂楔，各得其宜，施以成室者，匠氏之工也。玉札丹砂，赤箭青芝，牛溲马勃，败鼓之皮，俱收并蓄，待用无遗者，医师之良也。登明选公，杂进巧拙，纡余为妍，卓荦为杰，校短量长，惟器是适者，宰相之方也。昔者孟轲好辩，孔道以明，辙环天下，卒老于行；荀卿守正，大论是弘，逃谗于楚，废死兰陵。是二儒者，吐辞为经，举足为法，绝类离伦，优入圣域，其遇于世何如也？今先生学虽勤而不繇其统，言虽多而不要其中，文虽奇而不济于用，行虽修而不显于众。犹且月费俸钱，岁靡廪粟；子不知耕，妇不知织；乘马从徒，安坐而食。踵常途之促促，窥陈编以盗窃。然而圣主不加诛，宰臣不见斥，兹非其幸欤？动而得谤，名亦随之。投闲置散，乃分之宜。若夫商财贿之有亡，计班资之崇庳，忘己量之所称，指前人之瑕疵，是所谓诘匠氏之不以杙为楹，而訾医师以昌阳引年，欲进其豨苓也。”

见信：被信任。

踬（zhì）：绊。

辄（zhé）：常常。

冗：闲散。

宋（máng）：屋梁。

桷（jué）：屋椽。

欂栌（bó lú）：斗拱，柱顶上承托栋梁的方木。

侏儒（zhū rú）：这里指梁上短柱。

椳（wēi）：门枢臼。

闑（niè）：门中央所竖的短木。

扂（diàn）：门闩之类。

楔（xiē）：门两旁长木柱。

纡余（yū）：委婉从容。

卓荦（luò）：突出，超群出众。

荀卿：即荀况。

繇（yóu）：通“由”。

靡（mí）：浪费，消耗。

廪（lǐn）：粮仓。

促促：拘谨的样子。

陈编：古旧的书籍。

杙（yì）：小木桩。

楹（yíng）：柱子。

訾（zǐ）：指责。

豨苓（xī líng）：又名猪苓，一种药。

陋室铭

刘禹锡

山不在高，有仙则名。水不在深，有龙则灵。斯是陋室，惟吾德馨。苔痕上阶绿，草色入帘青。谈笑有鸿儒，往来无白丁。可以调素琴，阅金经。无丝竹之乱耳，无案牍之劳形。南阳诸葛庐，西蜀子云亭。孔子云：何陋之有？

在：在于。
名：著名。
斯：此，这。
德馨（xīn）：指品德高尚。
鸿儒：指博学的人。
白丁：指没有学问的人。
案牍（dú）：官府的公文。
劳形：使身体劳累。
何陋之有：有什么简陋的呢？

阿房宫赋

杜牧

六王毕，四海一；蜀山兀，阿房出。覆压三百余里，隔离天日。骊山北构而西折，直走咸阳。二川溶溶，流入宫墙。五步一楼，十步一阁；廊腰缦回，檐牙高啄；各抱地势，钩心斗角。盘盘焉，囷囷焉，蜂房水涡，矗不知其几千万落。长桥卧波，未云何龙？复道行空，不霁何虹？高低冥迷，不知西东。歌台暖响，春光融融；舞殿冷袖，风雨凄凄。一日之内，一宫之间，而气候不齐。

妃嫔媵嫱，王子皇孙，辞楼下殿，辇来于秦，朝歌夜弦，为秦宫人。明星荧荧，开妆镜也；绿云扰扰，梳晓鬟也；渭流涨腻，弃脂水也；烟斜雾横，焚椒兰也；雷霆乍惊，宫车过

阿房（ē páng）宫：秦始皇所建宫殿。
六王毕：六国灭亡了。
兀（wù）：山高而上平。这里指树木被砍尽，光秃。
出：出现，此指建成。
覆压：覆盖。
二川：指渭水和樊川。
檐牙高啄：屋檐像鸟嘴向上翘起。
钩心斗角：指结构参差错落，精巧工致。
囷囷（qūn）：曲折回旋。
落：座、所。
冥迷：分辨不清。
妃嫔媵嫱（yìng qiáng）：统指六国王侯的宫妃。
辇（niǎn）来于秦：乘辇车来到秦国。
涨腻（nì）：涨起一层脂膏。

辘辘远听：车声越听越远。
杳：遥远得踪迹全无。
缦(màn)立：久立。缦，通“慢”。
幸：古代皇帝到妃嫔处。
收藏、经营：指金玉珍宝等。
剽(piāo)掠：抢劫，掠夺。
倚叠：积累。
鼎(dǐng)铛(chēng)：把宝鼎看作铁锅。
逦(lǐ)迤(yǐ)：连续不断。
锱(zī)铢(zhū)：古代重量单位，一锱等于六铢，此处指极其细微。
磷(lín)磷：棱角分明而突出。
庾(yǔ)：露天的谷仓。
九土：九州。
独夫：这里指秦始皇。
骄固：骄纵，顽固。
戍卒叫：指陈胜吴广起义。
函谷举：指刘邦攻入咸阳，并派兵守函谷关。
楚人一炬：指项羽攻入咸阳，并焚烧宫殿，大火三月不灭。
族：使……灭族。
使：假使。
递：这里指王位顺次传递。
不暇：来不及。
鉴：作为对照、教训。

也；辘辘远听，杳不知其所之也。一肌一容，尽态极妍，缦立远视，而望幸焉。有不得见者，三十六年。燕赵之收藏，韩魏之经营，齐楚之精英，几世几年，剽掠其人，倚叠如山。一旦不能有，输来其间。鼎铛玉石，金块珠砾，弃掷逦迤，秦人视之，亦不甚惜。

嗟乎！一人之心，千万人之心也。秦爱纷奢，人亦念其家。奈何取之尽锱铢，用之如泥沙？使负栋之柱，多于南亩之农夫；架梁之椽，多于机上之工女；钉头磷磷，多于在庾之粟粒；瓦缝参差，多于周身之帛缕；直栏横槛，多于九土之城郭；管弦呕哑，多于市人之言语。使天下之人，不敢言而敢怒。独夫之心，日益骄固。戍卒叫，函谷举，楚人一炬，可怜焦土！

呜呼！灭六国者，六国也，非秦也。族秦者，秦也，非天下也。嗟乎！使六国各爱其人，则足以拒秦；使秦复爱六国之人，则递三世可至万世而为君，谁得而族灭也？秦人不暇自哀，而后人哀之；后人哀之而不鉴之，亦使后人而复哀后人也。

岳阳楼记

范仲淹

庆历四年春，滕子京谪守巴陵郡。越明年，政通人和，百废具兴。乃重修岳阳楼，增其旧制，刻唐贤今人诗赋于其上。属予作文以记之。

予观夫巴陵胜状，在洞庭一湖。衔远山，吞长江，浩浩汤汤，横无际涯；朝晖夕阴，气象万千。此则岳阳楼之大观也，前人之述备矣。然则北通巫峡，南极潇湘，迁客骚人，多会于此，览物之情，得无异乎？

若夫淫雨霏霏，连月不开，阴风怒号，浊浪排空；日星隐曜，山岳潜形；商旅不行，樯倾楫摧；薄暮冥冥，虎啸猿啼。登斯楼也，则有去国怀乡，忧谗畏讥，满目萧然，感极而悲者矣。

至若春和景明，波澜不惊，上下天光，一碧万顷；沙鸥翔集，锦鳞游泳；岸芷汀兰，郁郁青青。而或长烟一空，皓月千里，浮光跃金，静影沉璧，渔歌互答，此乐何极！登斯楼也，则有心旷神怡，宠辱偕忘，把酒临风，其喜洋洋者矣。

嗟夫！予尝求古仁人之心，或异二者之为，何哉？不以物喜，不以己悲；居庙堂之高则忧其民，处江湖之远则忧其君。是进亦忧，

庆历：宋仁宗赵祯的年号。

谪（zhé）守：降职任太守。

制：规模。

属（zhǔ）：同“嘱”，嘱托。

汤（shāng）汤：水势浩大的样子。

横无际涯：宽阔无边。

大观：雄伟景象。

备：完备、详尽。

潇湘：潇水和湘水。

迁客：被贬谪流迁的人。

骚人：诗人。

隐曜（yào）：隐藏起光辉。

樯倾楫摧：桅杆倒下，船桨折断。

至若：至于。

翔集：时而飞翔，时而停歇。

岸芷（zhǐ）汀（tīng）兰：岸上与小洲上的花草。

静影沉璧：静静的月影像沉入水中的璧玉。

把酒临风：端酒面对着风。

以：因为。

处江湖之远：处在偏远的江湖间，指不在朝廷做官。

退亦忧。然则何时而乐耶？其必曰“先天下之忧而忧，后天下之乐而乐”乎。噫！微斯人，吾谁与归？

时六年九月十五日。

先天下之忧而忧：在天下人担忧之前先担忧。

微斯人：没有这样的人。

卖油翁

欧阳修

陈康肃公善射，当世无双，公亦以此自矜。尝射于家圃，有卖油翁释担而立，睨之，久而不去。见其发矢十中八九，但微颔之。

康肃问曰：“汝亦知射乎？吾射不亦精乎？”翁曰：“无他，但手熟尔。”康肃忿然曰：“尔安敢轻吾射！”翁曰：“以我酌油知之。”乃取一葫芦置于地，以钱覆其口，徐以杓酌油沥之，自钱孔入，而钱不湿。因曰：“我亦无他，惟手熟尔。”康肃笑而遣之。

以：凭借。

自矜（jīn）：自夸。

圃（pǔ）：园子、场地。

释担：放下担子。

睨（nì）：斜着眼看，不在意。

微颔（hàn）：微微点头。

忿（fèn）然：气愤地。

安：怎么。

酌油：倒油。

覆：盖。

徐：慢慢地。

杓（sháo）：同“勺”。

沥之：注入葫芦。

遣：打发。

醉翁亭记

欧阳修

环滁皆山也。其西南诸峰，林壑尤美。望之蔚然而深秀者，琅琊也。山行六七里，渐闻水声潺潺而泻出于两峰之间者，酿泉也。峰回路转，有亭翼然临于泉上者，醉翁亭也。作亭者谁？山之僧智仙也。名之者谁？太守自谓也。太守与客来饮于此，饮少辄醉，而年又最高，故自号曰醉翁也。醉翁之意不在酒，在乎山水之间也。山水之乐，得之心而寓之酒也。

若夫日出而林霏开，云归而岩穴暝，晦明变化者，山间之朝暮也。野芳发而幽香，佳木秀而繁阴，风霜高洁，水落而石出者，山间之四时也。朝而往，暮而归，四时之景不同，而乐亦无穷也。

至于负者歌于途，行者休于树，前者呼，后者应，伛偻提携，往来而不绝者，滁人游也。临溪而渔，溪深而鱼肥；酿泉为酒，泉香而酒洌；山肴野蔌，杂然而前陈者，太守宴也。宴酣之乐，非丝非竹，射者中，弈者胜；觥筹交错，起坐而喧哗者，众宾欢也。苍颜白发，颓然乎其间者，太守醉也。

已而夕阳在山，人影散乱，太守归而宾客从也。树林阴翳，鸣声上下，游人去而禽鸟乐也。然而禽鸟知山林之乐，而不知人之乐；人

环滁（chú）：环绕着滁州城。

壑：山谷。

蔚（wèi）然：草木茂盛。

酿泉：泉名。

翼然：像鸟张开翅膀一样。

临：靠近。

作：建造。

辄（zhé）：就。

号：取别号。

寓：寄托。

林霏：树林中的雾气。

归：聚拢。

暝（míng）：昏暗。

负者：背着东西的人。

伛偻（yǔ lǚ）：腰弯背曲，这里指老年人。

野蔌（sù）：野菜。

丝、竹：琴弦管箫等乐器。

觥（gōng）筹：酒杯和酒筹。

已而：不久。

翳（yì）：遮蔽。

知从太守游而乐，而不知太守之乐其乐也。醉能同其乐，醒能述以文者，太守也。太守谓谁？庐陵欧阳修也。

爱莲说

周敦颐

说：一种议论文的文体。
甚蕃：很多。
陶渊明：东晋著名诗人。
李唐：此处指唐朝。
出：长出。
淤泥（yū）：污泥。
濯（zhuó）：洗涤。
通：贯通、通透。
植：树立。
亵玩（xiè）：玩弄。
鲜（xiǎn）：少。
宜乎：当然（应该）。

水陆草木之花，可爱者甚蕃。晋陶渊明独爱菊。自李唐来，世人甚爱牡丹。予独爱莲之出淤泥而不染，濯清涟而不妖，中通外直，不蔓不枝，香远益清，亭亭净植，可远观而不可亵玩焉。

予谓菊，花之隐逸者也；牡丹，花之富贵者也；莲，花之君子者也。噫！菊之爱，陶后鲜有闻。莲之爱，同予者何人？牡丹之爱，宜乎众矣！

墨池记

曾巩

临川之城东，有地隐然而高，以临于溪，曰新城。新城之上，有池洼然而方以长，曰王羲之之墨池者，荀伯子《临川记》云也。羲之尝慕张芝，临池学书，池水尽黑，此为其故迹，岂信然邪？

方羲之之不可强以仕，而尝极东方，出沧海，以娱其意于山水之间；岂其徜徉肆恣，而又尝自休于此邪？羲之之书，晚乃善，则其所能，盖亦以精力自致者，非天成也。然后世未有能及者，岂其学不如彼邪？则学固岂可以少哉！况欲深造道德者邪？

墨池之上，今为州学舍。教授王君盛恐其不章也，书“晋王右军墨池”之六字于楹间以揭之。又告于巩曰：“愿有记。”推王君之心，岂爱人之善，虽一能不以废，而因以及乎其迹邪？其亦欲推其事以勉其学者邪？夫人之有一能，而使后人尚之如此，况仁人庄士之遗风余思，被于来世者何如哉！

庆历八年九月十二日，曾巩记。

王羲之：东晋时大书法家。
张芝：东汉末年书法家，善于草书。

方：当……时。
强以仕：勉强要（他）作官。
极东方：游遍东方。
出沧海：出游东海。
徜徉肆恣（zì）：尽情游览。
书：书法。
晚乃善：到晚年才特别好。
盖：大概。
固：原来，本来。

教授：宋朝官名，主管学政和教育所属生员。
其：指墨池。
章：通“彰”，显著。
楹（yíng）：房屋前面的柱子。
揭：挂起，标出。
一能：指王羲之的书法技能。
不以废：不让它埋没。
学者：求学的人。
被：影响。

读孟尝君传

王安石

世皆称孟尝君能得士，士以故归之，而卒赖其力以脱于虎豹之秦。

嗟乎！孟尝君特鸡鸣狗盗之雄耳，岂足以言得士？不然，擅齐之强，得一士焉，宜可以南面而制秦，尚何取鸡鸣狗盗之力哉？夫鸡鸣狗盗之出其门，此士之所以不至也。

孟尝君：战国时齐国公子。
士：指有品德、学识的人。
卒：终于，最终。
其：指门下士。
特：只有，仅仅。
鸡鸣狗盗：指孟尝君在秦国被囚禁而后逃回齐国的典故。
雄：长、首领。
擅：拥有。
南面：指居于君主之位。
尚：还。

伤仲永

王安石

金溪民方仲永，世隶耕。仲永生五年，未尝识书具，忽啼求之。父异焉，借旁近与之，即书诗四句，并自为其名。其诗以养父母、收族为意，传一乡秀才观之。自是指物作诗立就，其文理皆有可观者。邑人奇之，稍稍宾客其父，或以钱币乞之。父利其然也，日扳仲永环谒于邑人，不使学。

余闻之也久。明道中，从先人还家，于舅家见之，十二三矣。令作诗，不能称前时之闻。又七年，还自扬州，复到舅家，问焉。曰："泯然众人矣。"

王子曰：仲永之通悟，受之天也。其受之天也，贤于材人远矣。卒之为众人，则其受于人者不至也。彼其受之天也，如此其贤也，不

伤：哀伤，叹息。
生：生长到。
异：感到诧异。
旁近：附近，这里指邻居。
与：给。
收族：聚拢、团结宗族。
立就：立刻完成。
文理：文采道理。
邑（yì）人：同乡县的人。
宾客：指以宾客之礼相待。
乞：求取。
利其然：认为这样有利可图。
扳（bān）：通"攀"，牵，引。
环谒（yè）：四处拜访。
明道：宋仁宗赵祯年号。
先人：指王安石去世的父亲。
前时之闻：以前的名声。
泯（mǐn）：消失。
王子：王安石的自称。
贤：胜过，超过。
材：同"才"，才能。
卒：最终。
于：被。

受之人，且为众人；今夫不受之天，固众人，又不受之人，得为众人而已耶？

记承天寺夜游

苏轼

元丰六年十月十二日夜，解衣欲睡，月色入户，欣然起行。念无与为乐者，遂至承天寺寻张怀民。怀民亦未寝，相与步于中庭。

庭下如积水空明，水中藻荇交横，盖竹柏影也。

何夜无月？何处无竹柏？但少闲人如吾两人者耳。

承天寺：在今湖北黄冈南。
起行：起身出行。
念：想到。
遂：于是，就。
张怀民：元丰六年贬谪到黄州，寄居承天寺。
相与：共同，一同。
藻荇（xìng）：此处指水中各类植物。
盖：大概，原来是。
闲人：清闲的人。

前赤壁赋

苏轼

壬戌之秋，七月既望，苏子与客泛舟游于赤壁之下。清风徐来，水波不兴。举酒属客，诵明月之诗，歌窈窕之章。少焉，月出于东山之上，徘徊于斗牛之间。白露横江，水光接天。纵一苇之所如，凌万顷之茫然。浩浩乎如冯虚御风，而不知其所止；飘飘乎如遗世独立，羽化而登仙。

于是饮酒乐甚，扣舷而歌之。歌曰："桂棹兮兰桨，击空明兮溯流光。渺渺兮予怀，望美人兮天一方。"客有吹洞箫者，倚歌而和之。

壬戌（rén xū）：指宋神宗元丰五年。
既望：农历每月十六。
属（zhǔ）：通"嘱"，引申为劝酒。
明月之诗：指《诗经·陈风·月出》。
斗牛：星座斗宿和牛宿。
一苇：比喻极小的船。
万顷：极为宽阔的江面。
冯（píng）虚：凭空，凌空。
遗世：离开尘世。
羽化：传说成仙的人能像长了翅膀一样飞升。
扣舷：敲打着船边。
桂棹（zhào）：桂树做的棹。
倚（yǐ）歌：按照歌曲声调节拍。

其声呜呜然，如怨如慕，如泣如诉；余音袅袅，不绝如缕。舞幽壑之潜蛟，泣孤舟之嫠妇。

苏子愀然，正襟危坐，而问客曰：“何为其然也？”客曰：“‘月明星稀，乌鹊南飞。’此非曹孟德之诗乎？西望夏口，东望武昌，山川相缪，郁乎苍苍，此非孟德之困于周郎者乎？方其破荆州，下江陵，顺流而东也，舳舻千里，旌旗蔽空，酾酒临江，横槊赋诗，固一世之雄也，而今安在哉？况吾与子渔樵于江渚之上，侣鱼虾而友麋鹿，驾一叶之扁舟，举匏樽以相属。寄蜉蝣于天地，渺沧海之一粟。哀吾生之须臾，羡长江之无穷。挟飞仙以遨游，抱明月而长终。知不可乎骤得，托遗响于悲风。”

苏子曰：“客亦知夫水与月乎？逝者如斯，而未尝往也；盈虚者如彼，而卒莫消长也。盖将自其变者而观之，则天地曾不能以一瞬；自其不变者而观之，则物与我皆无尽也，而又何羡乎！且夫天地之间，物各有主，苟非吾之所有，虽一毫而莫取。惟江上之清风，与山间之明月，耳得之而为声，目遇之而成色，取之无禁，用之不竭。是造物者之无尽藏也，而吾与子之所共适。”

客喜而笑，洗盏更酌。肴核既尽，杯盘狼籍。相与枕藉乎舟中，不知东方之既白。

嫠（lí）妇：寡妇。

愀（qiǎo）然：忧愁、忧伤的样子。

缪（liáo）：通“缭”，环绕。

舳舻（zhú lú）：战船前后相接。

酾（shī）酒：滤酒、斟酒。

横槊（shuò）：横执长矛。

匏（páo）樽：葫芦形状的酒器。

蜉蝣（fú yóu）：一种朝生暮死的昆虫。

飞仙：飞行在空中的仙人。

遗响：余音，指箫声。

逝者如斯：流逝的像这江水。

盈虚者：月亮的圆缺。

卒：最终。

消长：增减。

以：用。

一瞬：一眨眼的工夫。

无尽藏：指无尽的宝藏。

适：此处指享受。

更酌：再次饮酒。

肴核：荤菜和果品。

枕藉：相互枕着垫着。

既白：已经显出白色。

上枢密韩太尉书

苏辙

太尉执事：辙生好为文，思之至深。以为文者气之所形，然文不可以学而能，气可以养而致。孟子曰："吾善养吾浩然之气。"今观其文章，宽厚宏博，充乎天地之间，称其气之小大。太史公行天下，周览四海名山大川，与燕、赵间豪俊交游，故其文疏荡，颇有奇气。此二子者，岂尝执笔学为如此之文哉？其气充乎其中而溢乎其貌，动乎其言而见乎其文，而不自知也。

辙生十有九年矣。其居家所与游者，不过其邻里乡党之人；所见不过数百里之间，无高山大野可登览以自广；百氏之书，虽无所不读，然皆古人之陈迹，不足以激发其志气。恐遂汨没，故决然舍去，求天下奇闻壮观，以知天地之广大。过秦、汉之故都，恣观终南、嵩、华之高，北顾黄河之奔流，慨然想见古之豪杰。至京师，仰观天子宫阙之壮，与仓廪、府库、城池、苑囿之富且大也，而后知天下之巨丽。见翰林欧阳公，听其议论之宏辩，观其容貌之秀伟，与其门人贤士大夫游，而后知天下之文章聚乎此也。太尉以才略冠天下，天下之所恃以无忧，四夷之所惮以不敢发，入则周公、召公，出则方叔、召虎。而辙也未之

枢密（shū）：官名，指枢密使。

辙（zhé）：指苏辙。

生：指平生。

文者气之所形：文是由气形成的。

致：获得。

称：相称，符合。

太史公：指汉代司马迁。

豪俊交游：豪杰来往。

疏荡：洒脱而不拘束。

奇气：奇特的气概。

动：反映、表现。

有：通"又"。

自广：扩大自己的视野。

百氏：指诸子百家。

陈迹：陈旧的东西。

以：用来。

其：我。

遂：因而。

汨（gǔ）没：沉没、埋没。

恣（zì）观：尽情观赏。

京师：指京城汴梁。

以：以致，因此。

四夷：指周边的少数民族。

惮（dàn）：畏惧。

见焉。

且夫人之学也，不志其大，虽多而何为？辙之来也，于山见终南、嵩、华之高，于水见黄河之大且深，于人见欧阳公，而犹以为未见太尉也。故愿得观贤人之光耀，闻一言以自壮，然后可以尽天下之大观而无憾者矣。

辙年少，未能通习吏事。向之来，非有取于斗升之禄，偶然得之，非其所乐。然幸得赐归待选，便得优游数年之间，将以益治其文，且学为政。太尉苟以为可教而辱教之，又幸矣！

志其大：立下大志。

自壮：激励自己。

向：先前。

斗升之禄：微薄的俸禄。

赐：准许。

优游：从容闲暇。

辱教之：屈尊教导我。

观　潮

周密

浙江之潮，天下之伟观也。自既望以至十八日为最盛。方其远出海门，仅如银线；既而渐近，则玉城雪岭，际天而来，大声如雷霆，震撼激射，吞天沃日，势极雄豪。杨诚斋诗云“海涌银为郭，江横玉系腰”者是也。

每岁，京尹出浙江亭教阅水军，艨艟数百，分列两岸；既而尽奔腾分合五阵之势，并有乘骑、弄旗、标枪、舞刀于水面者，如履平地。倏尔黄烟四起，人物略不相睹，水爆轰震，声如崩山。烟消波静，则一舸无迹，仅有敌船为火所焚，随波而逝。

浙江：这里指钱塘江。

方其远出海门：当潮从入海口涌起时。

仅：几乎，将近。

玉城雪岭：玉砌的城墙和白雪覆盖的山岭。

际天：连接着天。

沃日：冲荡太阳。

银为郭：银子堆砌的城郭。

玉系腰：系上白玉的腰带。

京尹：京都临安府（今浙江杭州）长官。

艨艟（méng chōng）：战船。

略不相睹：彼此一点看不见。

吴儿善泅者数百，皆披发文身，手持十幅大彩旗，争先鼓勇，溯迎而上，出没于鲸波万仞中，腾身百变，而旗尾略不沾湿，以此夸能。

江干上下十余里间，珠翠罗绮溢目，车马塞途，饮食百物皆倍穹常时，而僦赁看幕，虽席地不容闲也。

善泅（qiú）：善于游泳。
文身：身上画着花纹。
溯（sù）：逆流而上。
鲸波：巨浪。
溢目：满眼。
倍穹：加倍的高。
僦（jiù）赁：租用。

送东阳马生序

宋濂

余幼时即嗜学。家贫，无从致书以观，每假借于藏书之家，手自笔录，计日以还。天大寒，砚冰坚，手指不可屈伸，弗之怠。录毕，走送之，不敢稍逾约。以是人多以书假余，余因得遍观群书。既加冠，益慕圣贤之道，又患无硕师、名人与游，尝趋百里外，从乡之先达执经叩问。先达德隆望尊，门人弟子填其室，未尝稍降辞色。余立侍左右，援疑质理，俯身倾耳以请；或遇其叱咄，色愈恭，礼愈至，不敢出一言以复；俟其欣悦，则又请焉。故余虽愚，卒获有所闻。

当余之从师也，负箧曳屣，行深山巨谷中，穷冬烈风，大雪深数尺，足肤皲裂而不知。至舍，四支僵劲不能动，媵人持汤沃灌，以衾拥覆，久而乃和。寓逆旅主人，日再食，

马生：姓马的太学生，即马君则。
致书：得到书。
假借：借。
弗之怠：不懈怠。
假余：借给我。
加冠：古代男子 20 岁时的成年仪式。
硕师：学问渊博的老师。
趋：奔赴。
执经叩问：携带经书去请教。
辞色：言辞和脸色。
俟（sì）：等待。
负箧（qiè）：背着箱子。
曳屣（yè xǐ）：拖着鞋子。
支：同“肢”。
媵（yìng）人：原指陪嫁的女子，这里指服侍的人。
汤：热水。

无鲜肥滋味之享。同舍生皆被绮绣，戴朱缨宝饰之帽，腰白玉之环，左佩刀，右备容臭，烨然若神人；余则缊袍敝衣处其间，略无慕艳意。以中有足乐者，不知口体之奉不若人也。盖余之勤且艰若此。

今虽耄老，未有所成，犹幸预君子之列，而承天子之宠光，缀公卿之后，日侍坐备顾问，四海亦谬称其氏名，况才之过于余者乎？

今诸生学于太学，县官日有廪稍之供，父母岁有裘葛之遗，无冻馁之患矣；坐大厦之下而诵《诗》《书》，无奔走之劳矣；有司业、博士为之师，未有问而不告，求而不得者也；凡所宜有之书皆集于此，不必若余之手录，假诸人而后见也。其业有不精，德有不成者，非天质之卑，则心不若余之专耳，岂他人之过哉！

东阳马生君则，在太学已二年，流辈甚称其贤。余朝京师，生以乡人子谒余，撰长书以为贽，辞甚畅达。与之论辩，言和而色夷。自谓少时用心于学甚劳，是可谓善学者矣。其将归见其亲也，余故道为学之难以告之。谓余勉乡人以学者，余之志也；诋我夸际遇之盛而骄乡人者，岂知余者哉！

容臭（xiù）：香袋子。
烨（yè）：光彩照耀的样子。
缊（yùn）袍：粗麻絮袍子。

耄（mào）老：年老。
幸预：有幸参与。
缀：这里指跟随。

县官：这里指朝廷。
廪（lǐn）稍：俸粮。
遗（wèi）：赠，接济。

谒（yè）：拜见。
贽（zhì）：初次拜见所赠礼物。
夷：平易。

卖柑者言

刘基

杭有卖果者，善藏柑，涉寒暑不溃。出之烨然，玉质而金色。置于市，贾十倍，人争鬻之。

予贸得其一，剖之，如有烟扑口鼻，视其中，则干若败絮。予怪而问之曰：“若所市于人者，将以实笾豆，奉祭祀，供宾客乎？将炫外以惑愚瞽也？甚矣哉，为欺也！”

卖者笑曰：“吾业是有年矣，吾赖是以食吾躯。吾售之，人取之，未尝有言，而独不足子所乎？世之为欺者不寡矣，而独我也乎？吾子未之思也。

“今夫佩虎符、坐皋比者，洸洸乎干城之具也，果能授孙、吴之略耶？峨大冠、拖长绅者，昂昂乎庙堂之器也，果能建伊、皋之业耶？盗起而不知御，民困而不知救，吏奸而不知禁，法斁而不知理，坐糜廪粟而不知耻。观其坐高堂，骑大马，醉醇醴而饫肥鲜者，孰不巍巍乎可畏，赫赫乎可象也？又何往而不金玉其外，败絮其中也哉！今子是之不察，而以察吾柑！”

予默默无以应。退而思其言，类东方生滑稽之流。岂其愤世疾邪者耶？而托于柑以讽耶？

涉：经过，经历。

烨（yè）：光彩鲜明。

贾（jià）：同“价”，价格。

鬻（yù）：这里指买。

若所市：你所卖。

实：填满，装满。

笾（biān）豆：盛祭品的两种器具。

愚瞽（gǔ）：愚蠢的人和瞎子。

业：以……为业。

食（sì）：同“饲”，供养。

皋比（gāo pí）：虎皮。

洸洸（guāng）：威武的样子。

干：盾牌，此指捍卫。

具：将才。

孙、吴：孙武、吴起。

峨：高高地，指高戴。

庙堂：指朝廷。

器：此指有才能的人。

伊、皋：伊尹和皋陶。

斁（dù）：败坏。

糜廪（lǐn）粟：浪费俸米。

醉醇（chún）醴（lǐ）：沉醉于美酒佳肴。

饫（yù）：饱食。

象：模仿。

类：像。

东方生：汉武帝时的东方朔。

疾：愤恨。

西湖七月半

张岱

西湖七月半，一无可看，止可看看七月半之人。看七月半之人，以五类看之。其一，楼船箫鼓，峨冠盛筵，灯火优傒，声光相乱，名为看月而实不看月者，看之。其一，亦船亦楼，名娃闺秀，携及童娈，笑啼杂之，环坐露台，左右盼望，身在月下而实不看月者，看之。其一，亦船亦声歌，名妓闲僧，浅斟低唱，弱管轻丝，竹肉相发，亦在月下，亦看月，而欲人看其看月者，看之。其一，不舟不车，不衫不帻，酒醉饭饱，呼群三五，跻入人丛，昭庆、断桥，嘄呼嘈杂，装假醉，唱无腔曲，月亦看，看月者亦看，不看月者亦看，而实无一看者，看之。其一，小船轻幌，净几暖炉，茶铛旋煮，素瓷静递，好友佳人，邀月同坐，或匿影树下，或逃嚣里湖，看月而人不见其看月之态，亦不作意看月者，看之。

杭人游湖，巳出酉归，避月如仇。是夕好名，逐队争出，多犒门军酒钱，轿夫擎燎，列俟岸上。一入舟，速舟子急放断桥，赶入胜会。以故二鼓以前，人声鼓吹，如沸如撼，如魇如呓，如聋如哑，大船小船，一齐凑岸，一无所见，止见篙击篙，舟触舟，肩摩肩，面看面而已。少刻兴尽，官府席散，皂隶喝道去。

七月半：即中元节。
止：同“只”。
箫鼓：指吹打音乐。
峨冠：头戴高冠。
优傒（xī）：优伶和仆役。
娃：美女。
童娈（luán）：容貌好的家僮。

浅斟：慢慢喝酒。

竹肉：指管乐和歌喉。

帻（zé）：头巾。
跻（jī）：通“挤”。
昭庆：寺名。
断桥：西湖白堤的桥名。
嘄（jiāo）呼：大呼大叫。
幌（huǎng）：窗幔。
铛（chēng）：温茶、酒的器具。
旋（xuàn）：随时，随即。

好名：喜欢这个名目。
擎（qíng）：举。
燎（liáo）：火把。
列俟（sì）：排队等候。
放：开船。

皂隶：衙门的差役。

轿夫叫船上人，怖以关门，灯笼火把如列星，一一簇拥而去。岸上人亦逐队赶门，渐稀渐薄，顷刻散尽矣。

吾辈始舣舟近岸，断桥石磴始凉，席其上，呼客纵饮。此时，月如镜新磨，山复整妆，湖复頮面。向之浅斟低唱者出，匿影树下者亦出，吾辈往通声气，拉与同坐。韵友来，名妓至，杯箸安，竹肉发。月色苍凉，东方将白，客方散去。吾辈纵舟，酣睡于十里荷花之中，香气拍人，清梦甚惬。

怖以关门：用关城门恐吓。

舣（yí）：通“移”，移船停靠。

磴（dèng）：台阶。

席：摆设酒筵。

纵饮：尽情喝。

頮（huì）面：洗脸。

向：方才，先前。

往通声气：过去打招呼。

湖心亭看雪

张岱

崇祯五年十二月，余住西湖。大雪三日，湖中人鸟声俱绝。

是日，更定矣，余拏一小舟，拥毳衣炉火，独往湖心亭看雪。雾凇沆砀，天与云与山与水，上下一白。湖上影子，惟长堤一痕、湖心亭一点，与余舟一芥、舟中人两三粒而已。

到亭上，有两人铺毡对坐，一童子烧酒，炉正沸。见余大喜曰：“湖中焉得更有此人！”拉余同饮。余强饮三大白而别。问其姓氏，是金陵人，客此。

及下船，舟子喃喃曰：“莫说相公痴，更有痴似相公者！”

崇祯：明思宗朱由检的年号。

更（gēng）定：指初更以后。

拏（ná）：通“桡”，撑（船）。

毳（cuì）衣：细毛皮衣。

凇（sōng）：从湖面蒸发的水汽。

沆砀（hàng dàng）：白气弥漫。

一芥：一棵小草。

焉得：哪能。

更：还。

拉：邀请。

强（qiǎng）饮：尽情喝。

大白：大酒杯。

舟子：船夫。

口　技

林嗣环

京中有善口技者。会宾客大宴，于厅事之东北角，施八尺屏障，口技人坐屏障中，一桌、一椅、一扇、一抚尺而已。众宾团坐。少顷，但闻屏障中抚尺一下，满坐寂然，无敢哗者。

遥闻深巷中犬吠，便有妇人惊觉欠伸，其夫呓语。既而儿醒，大啼。夫亦醒。妇抚儿乳，儿含乳啼，妇拍而呜之。又一大儿醒，絮絮不止。当是时，妇手拍儿声，口中呜声，儿含乳啼声，大儿初醒声，床声，夫叱大儿声，尿瓶中声，尿桶中声，一时齐发，众妙毕备。满坐宾客无不伸颈，侧目，微笑，默叹，以为妙绝。

未几，夫齁声起，妇拍儿亦渐拍渐止。微闻有鼠作作索索，盆器倾侧，妇梦中咳嗽。宾客意少舒，稍稍正坐。

忽一人大呼“火起”，夫起大呼，妇亦起大呼。两儿齐哭。俄而百千人大呼，百千儿哭，百千犬吠。中间力拉崩倒之声，火爆声，呼呼风声，百千齐作；又夹百千求救声，曳屋许许声，抢夺声，泼水声。凡所应有，无所不有。虽人有百手，手有百指，不能指其一端；人有百口，口有百舌，不能名其一处也。于是宾客无不变色离席，奋袖出臂，两股战战，几欲先走。

忽然抚尺一下，群响毕绝。撤屏视之，一人、一桌、一椅、一扇、一抚尺而已。

京：京城。
口技：用口腔发音技巧来模仿各种声音。
会：适逢，正赶上。
施：设置，安放。
一下：一拍。
惊觉（jiào）：惊醒。
欠伸：打呵欠，伸懒腰。
呓（yì）语：说梦话。
当是时：在这个时候。
一时：同一时候。
众妙毕备：各种妙处都具备。
未几：不多久。
齁（hōu）：打鼾。
意少舒：心情稍微放松些。
俄而：一会儿。
中间：其中夹杂着。
齐作：一齐发出。
名：说出。
奋：张开、扬起。
出：露出。
股：大腿。
战战：打哆嗦。
先走：抢先逃跑。
毕绝：都消失了。

为学一首示子侄

彭端淑

天下事有难易乎？为之，则难者亦易矣；不为，则易者亦难矣。人之为学有难易乎？学之，则难者亦易矣；不学，则易者亦难矣。

吾资之昏不逮人也，吾材之庸不逮人也；旦旦而学之，久而不怠焉，迄乎成，而亦不知其昏与庸也。吾资之聪倍人也，吾材之敏倍人也；屏弃而不用，其与昏与庸无以异也。圣人之道，卒于鲁也传之。然则昏庸聪敏之用，岂有常哉？

蜀之鄙有二僧：其一贫，其一富。贫者语于富者曰："吾欲之南海，何如？"富者曰："子何恃而往？"曰："吾一瓶一钵足矣。"富者曰："吾数年来欲买舟而下，犹未能也。子何恃而往！"越明年，贫者自南海还，以告富者，富者有惭色。西蜀之去南海，不知几千里也，僧之富者不能至而贫者至焉。人之立志，顾不如蜀鄙之僧哉！

是故聪与敏，可恃而不可恃也；自恃其聪与敏而不学者，自败者也。昏与庸，可限而不可限也；不自限其昏与庸而力学不倦者，自力者也。

资：天资，天分。
不逮：赶不上，不及。
旦旦：每天、时时。
倍人：指倍于人。
屏：同"摒（bìng）"，排除。
圣人：指孔子。
卒：终于。
鲁：迟钝、不聪明。
鄙（bǐ）：边远的地方。
南海：指佛教圣地普陀山。
恃（shì）：凭借、依靠。
买舟：租船。
顾：反而，难道。
自败：自己败坏自己。
自力：自求上进。

河中石兽

纪昀

沧州南一寺临河干，山门圮于河，二石兽并沉焉。阅十余岁，僧募金重修，求石兽于水中，竟不可得。以为顺流下矣，棹数小舟，曳铁钯，寻十余里无迹。

一讲学家设帐寺中，闻之笑曰：“尔辈不能究物理，是非木柿，岂能为暴涨携之去？乃石性坚重，沙性松浮，湮于沙上，渐沉渐深耳。沿河求之，不亦颠乎？”众服为确论。

一老河兵闻之，又笑曰：“凡河中失石，当求之于上流。盖石性坚重，沙性松浮，水不能冲石，其反激之力，必于石下迎水处啮沙为坎穴，渐激渐深，至石之半，石必倒掷坎穴中。如是再啮，石又再转。转转不已，遂反溯流逆上矣。求之下流，固颠；求之地中，不更颠乎？”如其言，果得于数里外。然则天下之事，但知其一，不知其二者多矣，可据理臆断欤？

临：靠近。
河干：河岸。
山门：寺庙的大门。
圮（pǐ）：倒塌。
阅：过了，经过。
求：寻找。
棹（zhào）：划船。
曳：拖着，牵引。
设帐：讲学，教书。
物理：事物的道理、规律。
是非木柿（fèi）：这不是木片。
颠（diān）：通“癫”，疯狂。
为：（认为）是。
盖：因为。
啮：此指侵蚀、冲刷。

溯（sù）流：逆流。
如：依照，按照。
然则：既然这样。
其一：表面现象。
其二：根本道理。
臆断：主观地判断。

人间词话七则

王国维

有有我之境，有无我之境。“泪眼问花花不语，乱红飞过秋千去。”“可堪孤馆闭春寒，杜鹃声里斜阳暮。”有我之境也。“采菊东篱下，悠然见南山。”“寒波澹澹起，白鸟悠悠下。”无我之境也。有我之境，以我观物，故物我皆著我之色彩。无我之境，以物观物，故不知何者为我，何者为物。古人为词，写有我之境者为多，然未始不能写无我之境，此在豪杰之士能自树立耳。

境非独谓景物也。喜怒哀乐，亦人心中之一境界。故能写真景物，真感情者，谓之有境界。否则谓之无境界。

境界有大小，不以是而分优劣。“细雨鱼儿出，微风燕子斜”何遽不若“落日照大旗，马鸣风萧萧”。“宝帘闲挂小银钩”何遽不若“雾失楼台，月迷津渡”也。

词至李后主而眼界始大，感慨遂深，遂变伶工之词而为士大夫之词。周介存置诸温韦之下，可为颠倒黑白矣。“自是人生长恨水长东”“流水落花春去也，天上人间”，《金荃》《浣花》，能有此气象耶？

古今之成大事业、大学问者，罔不经过三种之境界：“昨夜西风凋碧树。独上高楼，望尽

“泪眼”二句：出自欧阳修的《蝶恋花》。

“可堪”二句：出自秦观的《踏莎行》。

“采菊”二句：出自陶渊明的《饮酒》。

“寒波”二句：出自元好问的《颖亭留别》。

“细雨”二句：出自杜甫的《水槛遣心》。

“落日”二句：出自杜甫的《后出塞》。

“宝帘”一句：出自秦观的《浣溪沙》。

“雾失”二句：出自秦观的《踏莎行》。

李后主：即李煜。

伶工：指乐师或演员。

周介存：即清词论家周济。

“自是”一句：出自李煜的《乌夜啼》。

“流水”二句：出自李煜的《浪淘沙》。

罔（wǎng）：没有。

“昨夜”三句：出自晏殊的《蝶恋花》。

“衣带”二句：出自柳永的《蝶恋花》。
“众里”四句：出自辛弃疾的《青玉案》。

晏欧：晏同叔和欧阳修。

美成：即周邦彦。
白石：即姜夔。
以降：以后。

天涯路。”此第一境界也。“衣带渐宽终不悔，为伊消得人憔悴。”此第二境界也。“众里寻他千百度，蓦然回首，那人却在，灯火阑珊处。”此第三境界也。此等语皆非大词人不能道。然遽以此意解释诸词，恐为晏欧诸公所不许也。

大家之作，其言情也必沁人心脾，其写景也必豁人耳目。其辞脱口而出，无矫揉妆束之态。以其所见者真，所知者深也。诗词皆然。持此以衡古今之作者，可无大误也。

诗人对宇宙人生，须入乎其内，又须出乎其外。入乎其内，故能写之。出乎其外，故能观之。入乎其内，故有生气。出乎其外，故有高致。美成能入而不出。白石以降，于此二事皆未梦见。